つまらない住宅地の
すべての家

津村記久子

双葉文庫

目次

住宅地地図

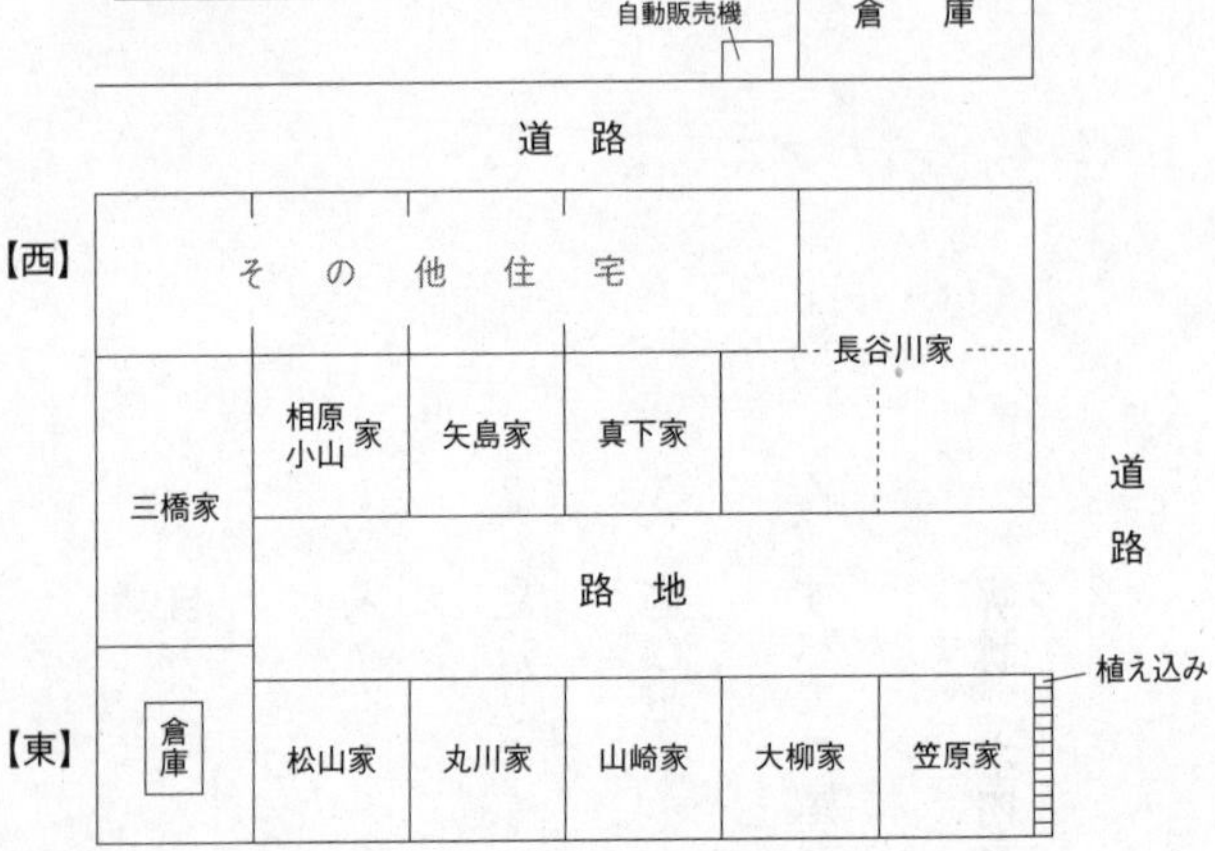

笠原家……75歳の妻（えつ子）と80歳の夫（武則）の二人暮らし
大柳家……25歳男性（望《のぞむ》）の一人暮らし
山崎家……58歳の女性（正美）の一人暮らし
丸川家……父親（明）と中学3年生の息子（亮太）の二人暮らし
松山家……壮年の男性（基夫）の一人暮らし
三橋家……父親（朗喜《あきよし》）と母親（博子）と12歳の息子（博喜《ひろき》）の三人暮らし
相原小山家……40代夫婦（貴弘・篤子《あつこ》）の二人暮らし
矢島家……祖母と母親と小学生の姉妹（みづき・ゆかり）の四人暮らし
真下家……年老いた母親と36歳の息子（耕市）の二人暮らし
長谷川家……祖母（小夜）と父母（弘・静美）と4人きょうだいの内3人（麻耶・千里・翔倫）が暮らす

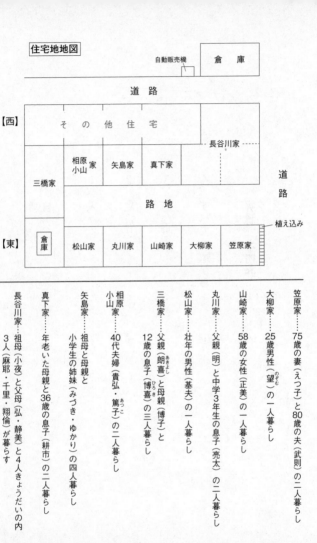

1. 人々

時間通りに起き出すと、亮太《りようた》はのろのろと中学の制服に着替え始めた。制服のスラックスにも、シャツにもアイロンがあたっている。むしろぴしっとしすぎていて、服に無理やり立たされようとしているような気分にさえなる。以前なら、起きた直後は何か口にするまではいつベッドに戻ってもおかしくないような心持ちでいたのだが、こんなに繊維が硬直したものを着てまた寝そべろうなどという気分にはならない。

亮太は、上半身の違和感を緩和するように両腕をぶらぶらさせた後、床に置いた通学用のリュックサックのストラップをつかんで自分の部屋を出る。そして隣の母親の部屋に直行する。いつも通りの真っ暗な部屋で、膝でベッドに乗り上げ、窓と網戸を開け、重い金属製の雨戸を脇にどける。突如差し込んでくる太陽の光の疎《うと》ましさに、顔を伏せて身を縮める。亮太は、なんでこんなことしないといけないんだという理不尽に軽く震える。

それから窓を閉めて、母親の部屋に光と空気を取り込む作業を終えると、家族の雑多な物が収納されている六畳間に行き、ベランダに出て、洗濯物を取り込む。もう朝洗濯物取り込むのやなんだけど、と父親に言うと、でもずっと干しっぱなしにしていると、お母さんはどうしてるんだって言われてしまうだろう、と父親は言う。いや自分が取り込んでることを見られる方がぜんぜん母親どうしたって思われない？　と亮太が反論すると、ベランダは通りに面してないからいいんだよ、と父親は言う。

「でも両隣のおっちゃんとかおばちゃんがベランダに出てくるかもしれないだろ？　同じ方向にあるんだから」

「松山《まつやま》さんは全部コインランドリーで済ますし、山崎《やまざき》さんが洗濯物を取り込むのはパートから帰ってきた夕方だから大丈夫だよ」

あんたそこまで両隣の一人暮らしのおじさんとおばさんのこと観察して失礼だな、と父親に言ってやりたくなるのだが、それ以上父親と話すこと自体がストレスだったので、亮太はこらえた。

とりあえず洗濯物を取り込んで、ハンガーを掛けたまま部屋に積んでおく。畳むのは父親の仕事だ。亮太はリュックのストラップの片側を肩に引っかけてやっと一階に降りる。ベーコンが焼けるやたらいい匂いがする。台所にいる父親から、おはようという声が聞こえてくる。亮太は洗面所で顔を洗って歯を磨いたあと、食卓に着く。朝食は、ベーコンとスクランブルエッグののったイングリッシュマフィンとジャガイモの冷たいスープと、野菜ジュースだった。手を合わせてマフィンにかぶりつくと、スクランブルエッグがぱさぱさしすぎず柔らかすぎることもなく、良い加減なのがわかる。父親はわりと料理がうまいことが、母親が家を出ていってから判明したのがなんだか腹が立つ。

「見ろ亮太」

父親がテレビの方を示すのだが、顔を上げずに黙々と食事をしていると、父親はもう一度、テレビ見てみろ亮太、と言う。二度言われると、仕方がないのでテレビの方を見てみることにする。おとといあたりからときどき話題になっている、逃亡犯のことをやっている。二つ隣の県の刑務所から逃げ出したらしい。

「女性の脱獄囚とか珍しくないか？」

「知らんよ」

そうか、俺は聞いたことないな、とあしらわれてもめげずに父親は話を続ける。

「気をつけろよ。こっちに向かってるらしいぞ」

父親は、逃亡犯が映ったと思われる駐車場や商業施設などの防犯カメラの位置が、少しずつ自分たちの住んでいる地域へと近付いてきていることがわかるテレビの地図を指差す。亮太自身はすでに、ネットのニュースと学校での話で知っていることだった。

まったく、何が目的でこんなことするんだ、そんなに長い懲役でもなかったのにって別のニュースで見たぞ、と父親が咎《とが》めているのを聞きながら、亮太はジャガイモの冷たいスープに口を付ける。やはりまあうまい。父親はこだわりが強い人なので、やるとなったらすごく研究してちゃんと作るんだろう。そういうところを母親は嫌がっていたのかもしれないが。

「この人、このへんの人らしいよ」

父親とあまり話をしたくないので、言うか言わないか迷ったのだが、自分の方が知っていることもあるということを示してやりたいという気持ちが抑えられなかったので、亮太は学校で聞いてきたことを口にする。「このへん」どころか、どこの町内の人かまで亮太は知っている。

「ほんとか？」

「ほんと」

父親は目を丸くして口をぽかんと開けて、亮太の思惑通り驚く。亮太は少しだけ満足する。

「いや、仕事が忙しかったから近所のことになんてかまってられないし、知らなかったよ。先月この並びの自治会長の役が回ってきたんだけど」

ちゃんと情報収集しないとな、と父親は腕組みをする。うーんと唸《うな》ったりもする。亮太は芝居がかってていやだと思うのだが、父親が何の意図もなくそういう動作をしてしまう人だということも知っている。知っているからといって何の気休めにもならないのだが。

逃亡犯のことは、同じクラスで塾も同じで毎日一緒に帰っている野嶋恵一《のじまけいいち》が詳しい。あまり人の噂《うわさ》話などはしないし、ニュースにも興味がない男なのだが、なぜか逃亡犯の話はときどきする。ノジマと亮太は、小学校では違う校区だったのだが、ノジマと同じ小学校出身の連中が逃亡犯について、実家は小さな塗装業者だったが倒産して、という親から聞いてきたようなことを得意げに言っているのを見かけると、ノジマは、違うよ工務店だ、などと亮太に向かってだけ訂正していた。

勉強はできたが、家業が倒産したことで学歴のレールに乗り損ね、やがて犯罪を犯した女。学校の人間の話を寄せ集めると、そういうイメージができあがる。亮太も学年では比較的勉強ができて（客観的なことだから仕方がない。それ以上の驕《おご》りはない）、母親が出ていっているためあまり幸福とも言えない家庭の息子なので、なんとなく気にかかるものはある。少しは共感していると言ってもいい。だから学校で聞いてくる以外に、ニュースについて熱心に調べてもいた。なんでこんなことするんだばかだな、と思いつつだが、逃げ切れよ、とふと願うこともあるし、会ったら助けるかもな、と想像したりもする。中学生の亮太には、横領《おうりよう》という罪にあまり実感はなかった。

「亮太はこのことについて詳しいか？」

「べつに」

父親の目に軽く光が宿って、言葉つきが引き締まるのが面倒だな、と思う。いつものように、このことに対してもリサーチし、何らかのやるべきことを見つけ、うまいやり方を模索し、それを周りに押し付けるのだろう。亮太に、自分は月・水・金に妻に連絡するから、おまえは火・木・土に連絡しなさい、塾が終わった後がいいと思う、日曜日は考える時間をあげよう、などと言ったように。亮太と母親は、一応メールのやりとりをしているが、父親のメッセージやメールのたぐいは、母親はすべて無視しているらしい。仕事をするように事務的に復縁を打診しているからそんなことになるのではないか、と亮太は考えていた。

「自治会長になったんだから、ちゃんとやらないとな。幸い今日は休みだし」

父親は月一回、有給を規則正しく消化している。仕事の忙しさによるのだが、だいたいは月末の金曜日に。ジグソーパズルを作ったり、バッティングセンターに行ったり、読書をしたりしているが、楽しいと言いつついつも物足りなそうだ。だから今回のこの問題は、この三連休では手頃だと捉えてるんじゃないかと亮太は思う。

「地域の人と協力して、逃亡犯がこっちに来たりしないか見張りとかしないと」

地域の人って言い方がすごくしらじらしい、と亮太は思う。「地域の人」なんてべつに考えてないくせに。父親は、外面がよくて堅苦しいので、もちろん近所の人をばかにしたりはしないが、自分の人生とは関係ない人たちだと思っていることを、亮太はなんとなく察している。だから母親が出ていったことも知られたくないのだ。

「とりあえず、路地の出入り口にある笠原《かさはら》さんの家の二階からが見張りやすいかもな。通りの側にも路地の側にも窓があって、二手《ふたて》から侵入経路を見張れる」

父親は、笠原さんの家の二階について知り尽くしているかのような口ぶりだが、笠原さん夫妻とはあいさつを交わす以上の関係でないことを亮太は知っている。亮太の家がある路地は、三橋《みつはし》さんという家で行き止まりになっていて、西側に四世帯、東側に五世帯が住んでいる。世帯数が違うのは、路地の出入り口の西側の角に住んでいる長谷川《はせがわ》家が隣と裏手の家を所有していて、それらとつなげて住んでいるからだ。笠原さん夫妻の家はその向かいの東側にあり、亮太の家は、東側の五世帯の奥から二軒めだった。

「でも、笠原さんの家の窓から見張るとして、長谷川さんの家の花壇が死角にならないだろうか」

だんだん話を聞いているのが苦痛になってきたので、亮太は食事の残りをかき込み、野菜ジュースを飲み干して床に置いてあるリュックを手に取る。

「どうだろう亮太？　いってらっしゃい」

どっちを言いたいんだ、と亮太は混乱するが、とりあえず、近所の人に迷惑かけんなよ、とだけ言い残して家を出た。今日は普通ゴミの収集日で、父親はすでにゴミを出していた。

＊

「近所の子だ」という話は、パート先のスーパーで何度か耳にしていた。どのぐらい近所かということについて、昨日休み時間が重なっていた村沢《むらさわ》さんにたずねると、かなり具体的な町名まで教えてくれたのだが、近所の地図ほどちゃんと見ないし、そちらに知り合いもいないので、どれだけ近いと言われても、正美《まさみ》にはぴんとこなかった。自分がここに戻ってきて二年足らずだという事情もあるのかもしれない。正美がうかない顔をしていると、村沢さんは、山崎さんの住んでるところからしたら、隣町ってほどの近さではないけど、隣の隣ぐらいの所ね、小学校とか中学校の校区は同じなんじゃないの、と説明してくれた。

警官にも会った。起きて顔を洗ってすぐにゴミ出しをしていると、斜め向かいの矢《や》島《じま》家の姉妹のお姉さんもゴミ袋を両手に抱えて出てきた後、また家に戻って重そうな袋を持って出てきたので、正美が「手伝いましょうか？」と声をかけていたところに、警官の制服を着た若い男が自転車に乗ったまま路地に入ってきて、声をかけられた。警官は、おはようございます、とあいさつをした後、逃走中の受刑者についてはご存じですか？　と話しかけてきた。

正美が何か言うより先に、矢島さんの姉妹の姉であるみづきさんが、知ってます！　と答えたので、警官は、まだ確保できていないのですが、この近辺に向かっているかもしれないという情報がありました、何かありましたらすぐに110番でお知らせくださいい、そして自宅の戸締まりや、近隣を出歩かれる際は充分お気をつけください、と言い残して去っていった。

怖いですね、と正美がみづきさんに言うと、みづきさんは、何をやって刑務所に入った人なんですか？　と見上げてきたので、正美は、おそらく小学四年ぐらいと思われるみづきさんにわかるだろうかと考えながらも、横領ですね、と答えた。

「おうりょう？」

「どろぼうみたいに家に来るわけじゃないんだけど、仕事をしている会社のお金を盗んだりすることですね」

「なんて書くんですか？」

「たてよこの横に、領土の領です。領土はわかります？」

「わかりますよ。イギリス領インド、みたいなやつですよね」

よく知ってるな、と正美が思うと、みづきさんはそれを察したように、『小公女』って本に書いてあったんですよ、小一の時に読んだんだけど、とたかだか二、三年前のことのはずなのに、ずいぶん昔のことのように答える。気をつけてくださいね、とこちらが言わなければいけないようなことを、正美はなぜかみづきさんの側から言われて、首を傾《かし》げながら家に戻った。

インターネットの記事には、顔写真も出ていた。三十六歳。普通の女子だ、五十八歳の私からしたら、と正美は思った。襟のある白いシャツを着た彼女は、きちんとした身だしなみで、それ故にほとんど特徴らしい特徴はなく、顔つきはあくまで無表情だった。顎《あご》のあたりで髪は揃《そろ》えられていて、前髪が邪魔にならない長さに斜めに短く切られていることが、印象に残るといえば残った。自分の部下にいてもおかしくないと思った後、すぐに、いや自分は会社を辞めたんだった、と正美は思い返した。

彼女は横領した金のためだけの口座を作っていて、くすねた金の最初から最後までの全額をそこに貯金していたというのも気にかかった。横領した金は一銭も使わず、質素な生活をしていたらしい。

廊下を歩いて台所に向かいながら、「女の子が刑務所から脱走するって珍しいよね、男の人ならたまに聞くけど」と口に出して言ってみるものの、母親はもういないのだった。頭ではわかっているのに、強く感銘を受けたことがあると口にしてしまう。しばらくは、独り言は言わないようにしようと心がけてきたけれども、スーパーでのパート勤務を一時間増やしたら思ったより疲れるようになって、それも自制しなくなった。こんなふうにして人間はへんになっていくのかもしれない。けれども正美は、特に誰にもそのことについて遠慮することがない立場に自分がいることを、自由でいいような、けれどもかすかに寂しいようにも思った。

ゆで玉子とトーストを作って食べながら、少し食事に飽きると、新聞に入っていた不動産情報のチラシを眺《なが》めた。一人暮らしの自分にこの一軒家は大きすぎるような気がするし、だったらもっと便利なところに小さい部屋でも借りようと、物件の情報があったら毎日チェックしつつ、その一方で、母親はこの家に長いこと一人で暮らしていて物でいっぱいにしてしまったから、自分も下手に狭いところに引っ越さない方がいいのかもしれないとも考えている。

母親が家の中に溜め込んだ物々の片付けは、あまり進んでいない。気力がわかなかった。母親は生前、ゴミを集めるような真似《まね》こそしていなかったけれども、まだ使えるもの、使えるか使えないかの境界にあるもの、入手したのは数十年前でもまだ使っていないものは一切家から出さなかったようだ。当面はお金に困っているというわけでもないので、パートの時間数を元に戻してもいいのだろうけれども、家の中で母親の遺品を前に絶え間なく取捨の判断をし続けるよりは、スーパーに出勤して仕事をする方が気分が楽だと正美は思っていた。たとえ体が疲れても。

廊下に積み上がっている、大量の食器をしまった段ボール箱を横目に、正美は仕事に出かけることにする。段ボール箱の隣には、唐突に料理酒とみりんと醬油《しょうゆ》の大きなボトルがおいてある。賞味期限は五年前に切れていた。その隣には日本人形がある。さらにその隣にはミシンの箱があり、その上には茶道の道具が積んである。そこから靴箱までは、また食器の入ったケースが四つある。正美は自分でも知らないうちに溜め息をついている。

これらを判断せずに放置し続けると、うちもごみ屋敷と言われるものになるんだろうか。ミシンの箱とみりんのボトルに挟まれて、おかっぱの日本人形は、ふくよかなほっぺたをふくらませて、そうかもね、と言っているように見える。

「怖いよね」

正美はうなずき返しながら、自宅での義務から逃げるように、徒歩で十分のスーパーマーケットに出勤した。お昼を食べに家に帰ることもあるけれども、今日は仕事先で食べようと思った。

＊

たぶん今日パートから帰って、最後の荷物をいったん庭に出したら、倉庫が完全に空《から》になると思う、と博子《ひろこ》は夫の朗喜《あきよし》に言った。朗喜は、そっか、とうなずいて、昨日の残りの炊き込みご飯を口に入れる。具材は息子の博喜《ひろき》の好きなこんにゃくと人参と油揚げだった。

博喜はまだ寝ている。博子がパートに出かける九時半にいつも起きる。

「ずっと話し合ってたことなんだけどさ」

「うん。カメラね」

この一か月半ほどの間、博子と朗喜の間でずっと議論になっていることを、二人は話し始める。顔を合わせるたびに、博喜の話をして、雑談をして、最後にカメラの話をするという三部構成で話している気がする。

「やっぱり買わないでおきたいと思う」

「そうね」

「信頼したいんだよ。ただの心情的なものかもしれないけど」

朗喜はそう言ってうつむき、味噌汁のお椀を手に取って口を付ける。麩《ふ》の入った赤《あか》出汁の味噌汁だった。

「心配ではあるけれども」

「できるだけ頻繁に様子を見に行くしかないよね」

　君には負担をかけるかもしれないけど、と朗喜はすまなそうに言って、茶碗の炊き込みご飯をすべて口に入れる。博子は、軽く無言で何度かうなずき、パートの休憩時間には帰ってくるようにする、と小さい声で言う。

「僕が仕事から帰ったら、定期的に見に行くようにするし、夜中も一度起きて様子を見に行けばいいだろう」

朗喜は、博子に話しかけるのではなく、自分自身に言い聞かせるように行動の予定を作っていく。博子は、朗喜が見ているか見ていないかは考えずに、ただうなずく。

「エアコンの性能はいいよね、自分たちの部屋の方にほしいぐらい」

買わないものの話で気まずくなったので、買ったものの話をする。博子の言葉に、朗喜は軽い笑い声をたてる。

「外からかける錠を、今日買ってくるよ。ダイヤル錠でいいよね」

「うん」

博子はうなずく。カメラとは違って購入は決定しているが、どちらが買ってくるのか長い間決めかねていたものを、朗喜が引き受けるという。博子と朗喜は、日々少しずつ庭にある倉庫を改造して、快適に過ごせるようにということには奔走《ほんそう》してきたけれども、閉じ込めのためのツールにはほぼ手を出せずにいた。口の端には上るものの、そんなことよりも博喜が穏やかに過ごせることを考えていたかった。

二か月分の土日を利用して、博子と朗喜は倉庫の四方の壁に、厚い低反発素材のシートを貼った。夏にすごく暑いかもしれないと躊躇《ちゅうちょ》したけれども、お店の人によると断熱効果もあり、外があまりにも暑い場合は熱気を部屋の中に入れないので良いという。博子と朗喜は、寒さも暑さもいとも簡単に迎え入れてしまうこの古い家よりも、これを貼った倉庫の方がもしかしたら快適かもしれない、と話して笑い合った。先週は大きなテレビを買った。それで当面は、今まで録り溜めた海外の旅番組を観ていてもらう。専用のアンテナも可能なら取り付ける。国内だと場所の名前を覚えて勝手に行ってしまったりするから、できるだけ遠いところを取り扱った番組を観せるようにしている。

二階で、どすん、という音がした。博喜が壁にぶつかる音だった。博喜は眠っている時に不快さを感じると、壁にぶつかってそれを解消しようとする。ベッドを部屋の真ん中に置いてみたものの、博喜は壁にぶつかることに何かのこだわりがあるらしく、一人でベッドを移動させてしまった。力が強いのだ。博子はもちろん、朗喜よりもすでに十センチ以上背が高いし体重も重い。おそらくこれからも大きくなるだろう。

博子は身長一五三センチ、朗喜は一六一センチと小柄で、二人の両親はともに平均的な体格なのだが、博子の父方の祖父は背が高かった。朗喜の母方の祖母も、大正生まれにしては長身でがっしりしていたのだという。博子は祖父が好きだったし、朗喜も田舎で祖母が歓待してくれるのがとても楽しかったと話してくれたことがある。博喜の大きさは、彼らの遺伝子を受け継いだものなのかもしれない。

博子が相続したこの古い家は大きいので、博喜には充分なはずだけれども、私たちが小さくて力が及ばないのだ、と博子はときどき思うことがある。それは何か、現実よりはおとぎ話のような感触を持った夢想だった。大きな人間の赤ん坊を育てる小人の夫婦のようだと、自分たちについて思うことがある。けれども、どれだけの速度で自分たちより大きくなっていくとしても、博喜は自分たちの子供なのだ。まだ十二歳の。

病院にはたくさん行ったけれども、いくつか疑いのある診断名がついていくだけで、どうしたらよいのかは具体的にはわからないままだった。学校の先生に伝え、家ではストレスがかかりすぎない生活をさせるぐらいしか、博子と朗喜にはできなかったのだが、博喜は怠け者ではなく、勉強は嫌がらないし家事の手伝いもする子なので、何がストレスかというのが見えにくく、自宅では、混乱させることや強い禁止やほのめかしをせず、できる範囲でやりたいことをやらせる、という曖昧《あいまい》な対策しかとれなかった。

家では気を配っていても、学校では、ときどき言葉が出なくなってしまうことや、何かを考えているときにひどく右腕を動かしてしまうことなどについて、集団でからかってくる子の数人を博喜が叩くというようなことは稀《まれ》に起こった。またあんなことがあったらと思うと気が気でなくなって、博子と朗喜はなんとかして博喜を平均的な子供にする方法を見つけたいと病院に連れて行くのだが、やがて博喜は医者に診《み》られるのをいやがるようになり、病院に行くという雰囲気を察知すると、どこかへ逃げ出してしまうようになった。逃げ出すたびに博喜は遠くへ行き、先々月は三つ離れた県で見つかった。小遣いを少しずつ貯めて、いざという時に遠くに行けるように準備していたらしい。放浪癖と言ってもいい博喜の度重なる遁走《とんそう》に、博子は、クラスメイトを叩いたということと同じぐらいか、それ以上の恐怖を覚えた。博喜がいなくなるたびに博子は、呼吸が詰まって動悸が激しくなり、頭の中が硬直して手足が冷たく動きにくくなるのを感じる。死の危険すらよぎることもある。

賢い子だよな、と朗喜は、保護された先から帰る特急の車窓の田園風景を眺めながら、疲れたように言った。僕がこの子の年の時はそんな知恵はなかった。博子は、私も、と答えた。博喜は、小さい頃から持っているガーゼのタオルケットを頭から被《かぶ》って眠っていた。

どこかの施設に入所させることはできないかとネットで探したけれども、目星をつけた施設の評判を隅々まで読むと、あまりに問題を起こすと身体的な拘束をするかもしれないと書いてあった。それはどうしてもかわいそうで、だったらもう、家にずっといてもらっても大差ないのではないか、と夫婦のどちらかが言い出した。家は古くなってきていて、玄関からいくらでも出ていけてしまうから、数年前に改修した倉庫にずっといてもらう。外から鍵をかけて。トイレも空調もつけて、できるだけのことはする。もし大丈夫そうなら、親子三人で毎晩散歩をしよう。母親と父親でしっかりと息子の腕をつかんで。その生活に慣れたらもう少し遠出して、親子三人で旅行にだって行けるようになるかもしれない。その時も、母親と父親でしっかり息子の腕をつかんで。

ひどいことだと思う。でも博喜が不意にどこか遠いところに行ってしまって、そこで何かあったらと思うと血が凍るような思いがする。

朗喜の父方の祖父は、家族のけんかで家出をして行方不明になり、一か月後に亡くなっているところを発見されたという。それまでも、よく数日姿を消すことがあった。博子の母方の祖母は、とても変わった人だった。記憶力が良くて、博子が訪ねた時に言ったことや着ていた服をすべて覚えていて、一緒にいて楽しかったが、神経質で内にこもるところがあって、同居していた母の姉はときどき手を焼いていたそうだ。

彼らにもきっと善良なところはあっただろうし、私たちしか知らないかもしれないけれども、博喜は思いやりのあるいい子だ。庭で雨の中を這《は》っていた脚が一本とれた蜘蛛《くも》を軒下に移してやったり、災害があったら小遣いでパンを買えるだけ買ってきて、これを被災地に送ってほしいと言った。同い年の子供のカカオ農園での児童労働のニュースを観て塞《ふさ》ぎ込んでいたこともあった。チョコレートを食べたくなくなる、と博喜は呟《つぶや》いた後、でも食べないと働いたお金すらもらえなくなる？　と続けた。そうかもしれないね、と朗喜はうなずいて、博喜が大きくなったらそういう人を助けてあげてくれ、と言った。博子も心の底からそうなるといいとその時は願った。

けれども私たちは、それとは逆の方向に動いているのかもしれない、と博子は思いながら、自分の食事を片付けて食器を流しに持って行く。博喜を閉じ込めておくための夫婦の共同作業は、袋小路に迷い込んでどうしたらよいかわからなくなっている二人にある種の結束とやりがいを与えていたけれども、本当は料理の味すらもわからなくさせている。

「そういえばね、このへんに逃亡犯が来ているらしいよ。職場のお客さんが教えてくれた」

「ああ、パート先でもなんかそういうこと言ってたような」

話しながら、二人ともほとんど興味がないんだろうな、と博子は思う。

「博喜には知らせない方がいいよね」

「うん。よけいな刺激になるかも」

博子がうなずくと、じゃあ出かけるよ、と朗喜はごちそうさまをして、食卓の脚に立てかけた通勤用のショルダーバッグを肩から掛け、部屋の隅にまとまっていたゴミ袋を拾い上げた。

＊

ゴミ出しをしてから、みづきはゆかりを起こすために二階に上がり、姉妹の部屋に直行する。あくびが止まらない。本当は自分だって妹ぐらい寝ていたかったけれども、この家で妹を起こせるのは自分だけなので我慢する。

妹は、古い目覚まし時計の耳障りなピピピという音の中で、あとちょっと、あともう五分、と言いながら、布団を被ろうとする。

「起きてよ。頼むよ」

「今日は学校休む……」

「だめだよ。一回ずる休みしたらもうどんどんやっちゃうんだって」

そんなことないよ、一回だけ、とゆかりは口答えする。みづきは、今日じゃなくてもいいでしょ、もっとしんどい日が来るかも、と話を引き延ばしながら、不意に大きなあくびがこみ上げてくるのを感じる。顎の付け根がひきつって、頭が痛くなるような大きなあくびだった。それを見て妹は笑い出す。おねえちゃん顔おもしろい、と言う。みづきは少し頭にくるけれども、それでゆかりが起きてくれるんなら何回でも大あくびをする、と思う。

ゆかりは顔がかわいくて、自分は普通だ。だからゆかりに顔のことを言われるとみづきは傷つく。でも今は仕方ない。

「じゃあ今度一回休ませてくれる？」

「いいよ」

そううなずくと、ゆかりはやっと起き上がる。みづきはほっとする。ゆかりは、トイレ、と言いながら、パジャマのまま部屋を出ていく。みづきはその隙に、洗濯物を取り込みに行く。ベランダはおばあちゃんの部屋にあって、おばあちゃんはまだ寝ている。カーテンを開けると、やめてよ！　とおばあちゃんは怒る。みづきは、がまんしてね、とガラス戸を開けながら、バカ娘！　というおばあちゃんの悪態を聞く。

「わたしはおばあちゃんの孫で娘じゃない」

「どっちでもいい」

みづきは、機嫌の悪いおばあちゃんが何を言おうと気にしないようにして、洗濯物を取り込む。妹のシャツも自分のシャツも、まだ完全には乾いていないけれども仕方がない。自分の給食のエプロンもすこし湿っているような気がする。宿題をしていて、洗濯をするのが遅かったからかもしれない。

洗濯機が、洗濯物を放り込んで「自動」というボタンを押して洗剤を入れたら洗濯をしてくれることに気付いて以来、みづきは自分と妹の洗濯をしている。お母さんが洗濯をしてくれるのを待っていても、数日続けてするときもあれば、二週間以上溜め込んでいる時もあるからいつ洗ってくれるかが読めないし、おばあちゃんは何も言わずに自分の服を洗ってしまうからだ。自分と妹は、二着ずつしか制服のシャツを持っていないので、頻繁《ひんぱん》に洗わないといけないのだが、それはお母さんとおばあちゃんの生活スタイルには合わないようだ。「運が良ければ」お母さんが洗濯するときに一緒にしてもらえる、のでは足りない。学校で「くさい」と言われるのはもういやだった。

姉妹の部屋に戻って、トイレから帰ってきた妹に、タンクトップと制服のシャツと、カーテンレールにかけていたスカートを渡してやる。

「シャツ、まだつめたい……」

「うるさいなあ」

みづきは、口調に気をつけながらもそうやって反論してしまう。妹には悪いと思うけれども、これが精一杯なのだ。ゆかりは、言い争いになると面倒だと感じるのか、それとも少しはこっちの働きを評価していてくれるのか、仕方ないなー、と言いながら着替えを始める。みづきも寝間着のハーフパンツとTシャツから制服に着替え、ランドセルを持って、早く降りておいでね、とゆかりに声をかけて部屋を出る。

朝ごはんは、トーストとスクランブルエッグにする。昨日の夜は、それにウィンナーを足して食べた。

「ウィンナーないの?」

「昨日二人で全部食べたし」

二階から降りてきた妹が不満そうにするので、みづきはそう答える。今日の朝の分を残しておくべきだったかもしれないけれども、昨日の夜は二人ともおなかが空《す》いていた。仕方がなかった。お母さんからもらったお金を日割りすると、昨日はウィンナーを一袋買い足すのが限度だった。次はいつもらえるかわからない。

お母さんは、家にいない時は機嫌が良くて、いる時は機嫌が悪い。家にいない時は好きな人がいて、いる時は好きな人に嫌われている時か好きな人がいない時だ。だからみづきは複雑だった。お母さんに家にいてほしいけれども、機嫌が悪いのはいやだし、でも、いない時はもちろん寂しい。好きな人がいる時は、姉妹よりその人にごはんを作ってあげたいらしくて、家にはいない。「好きな人ができたかもしれない」とうれしそうにみづきに話してくるお母さんは、まるでクラスの女の子みたいな表情をしている。そして家を空ける。会社にはその好きな人の家から通って、家にはときどき帰ってきてみづきにお金を渡していく。それが足りなくなったことは今までないけれども、残り少なくて不安になることはしょっちゅうある。

お母さんはすぐ男の人を好きになるけれども、あまりもてないということがみづきにはうすうすわかってきている。お母さんは地味な顔立ちをしていて、身なりもそんなに女らしくないのに、すぐに恋に落ちる。機嫌が良くなる。そしてずっとその気分を続かせたいと思うのか、姉妹の元を離れて相手の男の人の世話を焼きにいく。世話さえ焼いたら自分を好きになってくれると思い込んでいるみたいに。男の人の洗濯物を持って帰ってくることもある。気分が乗らない時は、みづきにその洗濯を頼んで干させることもある。

「ごはんが食べたいね」

「今食べてるよ」

「そうじゃなくて、お米」

マーガリンをつけたトーストをかじりながら、みづきはごはんのことを考える。給食はパンが多くて、ごはんが出るのは週に二回だ。月曜日と水曜日。ごはんをたくのはトーストを焼くより難しそうだ。炊飯器を使うのはわかるのだが、使い方を訊こうにも、お母さんはみづきと顔を合わせると自分の話ばかりするからたずねることができない。お母さんの話が終わった後に、炊飯器の説明書はどこ？　と訊くと、なぜか怒り出した。おばあちゃんは、もうごはんは自分で作らなくて、近所のスーパーでお惣菜を、自分の分だけ買ってくる。余ったものを姉妹にくれることはあるけれども、あてにはできない。

「おねえちゃんさ、知ってる？」

「何を？」

「とーぼーはん」そう言ってゆかりは、トーストの残りを水で飲み込む。「学校で先生に言われた」

「言われたね。昨日のホームルームで」

「大谷《おおたに》さんのうちの近所の人なんだって」

ゆかりは得意げにみづきの顔をのぞき込んでくる。大谷さんはゆかりの友達の一人だ。ちょっと怒りっぽい子で、ゆかりとはくっついたり離れたり、またくっついたりしている。

「へえ、どんな人？　美人なの？」

「それはわかんないけど……」

ゆかりは言葉に詰まって、それをごまかすように食器を流しに置きに行く。洗うのはみづきの役目だが、とにかく使った食器は流しに持って行ってと毎日頼むとやってくれるようになった。みづきは、何事も根気が大事だ、と担任の山口《やまぐち》先生が言うようなことを思った。ゆかりが三年生になったら、自分の食器は自分で洗ってもらうようにしようとみづきは考えている。

「その人、どこに逃げていくのかな?」

「それもわかんない……」

「わたしも連れていってくれないかな」

不意の言葉が口をつくのを、みづきは感じた。言葉にするまで、一度も頭によぎったことがないようなことを自分が言うのは、不思議な体験だった。

*

わかめの中華風スープ以外は昨日の残り物にする。ごはんを温めて、梅干しと昆布のおにぎりを作った。夫婦は揃っておにぎりが好きなので、貴弘《たかひろ》は丸く握ったおにぎりに程良く昆布が混ざっている様子を眺めながら、いい気分になる。

今日は貴弘が三限目の授業からの出勤で、午前中はゆっくりしていられる。篤子《あつこ》は朝食を食べたらすぐに出ていかなければならない。貴弘と篤子は、徒歩で十五分の距離の同じ大学に勤めている。いつもなら、おにぎりだね、とか、わかめの匂いがする、などと食事を作っていたら必ずコメントしてくれる篤子は、今日はソファに深く腰掛けて、テレビに観入っている。地方ニュースが放送されている。話題は逃走中の脱走犯のことで、一通りでない興味があるのだろうかと思いながら貴弘が篤子の頭越しに見ていると、篤子は何か思い出したようにリモコンを手に取って、ニュースが放送されていない、BSの海外アニメのチャンネルに変える。

「ゴミ出しといた。他に何かあった?」

「ないよ。あれで全部」

篤子が声を発すると、貴弘は特に理由もなく安心した。篤子は目立って愚痴《ぐち》ったりはしないけれども、いろんなことに巻き込まれているように貴弘は思う。左隣の家の母親が珍しく夕方に帰ってきた時に、長女さんが洗濯とかされてるんですか? とたずねると、ものすごい剣幕で十数分怒鳴られ(「あんた何様?」「ほっといて!」「子供いないのに気持ちわかんないでしょ?」「わかるわけないでしょ?」)、目をかけていた女子学生は、三年から指導教員を替えた。そうしたことはよくあることだが、いろんな相談に乗ってやったり、金がないという時は家に呼んで食事をさせてやったりしていた分、ショックだったらしい。篤子は二十年の間、新聞社で記者をやっていたが、大学の講師になってからは日が浅く、歴が長ければもはや何にも思わないことにも、いろいろと複雑な所感を持つらしい。

左隣の家の母親の一件といい、職場である大学とあまりに通勤距離が近すぎる件といい、もしかしたら自分たちは引っ越した方がいいのかもな、と貴弘は思い始めている。この家は借家だし、家自体は可もなく不可もなく、周りの住宅地は退屈と言っていいぐらいだったので、貴弘はあまり未練はなかったのだが、年度の最中に引っ越しをするのはつらいなと思った。できれば春休みがいい。だいぶ先だが。

食卓に置いてあった篤子の携帯が鳴る。一応見に行くと、件《くだん》の学生の名前が表示されている。梨木《なしき》さんからだよ、と貴弘が声をかけると、篤子は、いいや、と首を横に振りながらソファから食卓にやってくる。携帯はすぐに鳴り止んで、留守電のメッセージを流し始める。その後、SMSも着信する。ロック画面に表示される「小山《こやま》先生、相談したいことがあるので電話に出てください」という篤子への伝言は、とても身勝手に見える。

「学校行きたくないな」

篤子の正直な言葉に、貴弘は笑ってしまう。子供みたいだと思う。大学で、篤子はライティング、貴弘は文学を教えている。学校は小規模で、二人とも名があるわけでもないけれども、学内では安定した評価を得ていると思う。貴弘は大学院を出てからずっと講師をしているが、篤子は元新聞記者で、デスクに昇進する年頃になってやめた。同い年の二人は、篤子が大学に転職してきたことで知り合い、四十二歳で結婚した。それから二年不妊治療をしたが、篤子の身体的な負担が大きくて大変だった上に、子供は授からなかった。

自分たちは教師なのだし、学生を教えることに集中しよう、と言い合っていた時に、件の女子学生が現れ、篤子をさんざん頼って篤子もそれに応えた後、べつの教員に乗り換えた。去年から退職後に教授として大学にやってきた、名の知れた雑誌の元編集長だった。貴弘は止めたが、篤子はその学生に家賃を貸したり、はっきりとは知らないが肩代わりしてやった時さえあったので、そういうことはよくあると頭ではわかっていても、つらかったのだろうと思う。学生は、今も篤子と付かず離れずを保っているつもりのようだが、べつにうまく立ち回れてはいないと貴弘は思う。彼女にはうんざりするものを感じるし、篤子はお人好《よ》しすぎると貴弘は思うのだが、とはいえそういうところが好きで結婚したのだ。

そういった矢先に、左隣の家の母親に怒鳴られて、篤子は元気をなくしているように思えた。食卓について、おにぎりを箸で半分にしてぼそぼそと食べている篤子の様子を見ていると、春休みにと言わず早めに引っ越したほうがいいのかもと貴弘は考え始める。二人とも職場に近いという理由だけで借りているが、そもそもこのあたりの古い家の住人たちと考えが合わないような気もしてきている。

どこまでも同じような家が続いている住宅地には活気がない。周辺にあるのは、貴弘の家から歩いて十分かかるスーパーが一軒だけで、そこが住宅地の人々の食事をすべてまかなっている。反対方向に十分歩くと、やっとコンビニが一軒あるのだが、休日に訪れるとレジに店内を一周するような行列ができていて、本当は需要があるじゃないか、と貴弘は呆《あき》れた覚えがある。でも誰も何もやらない。住民たちの生活レベルは悪くないと聞くけれども、そこからは一歩も出たくない、とでもいうような依怙地《いこじ》さを感じる。電気代の無駄と割り切っているのか、夜に門灯も玄関灯も点《つ》けない家が多い。もちろんそれは各家庭の勝手だけれども、防犯灯が途切れる界隈《かいわい》であっても点けないし、カーテンも閉めっぱなしの家などを眺めていると、この家の人にとって自宅は鎖国した島みたいなもので、通行人や近隣はすべて遠い国のようなものなんだろうなと思えてくる。外で誰かが飢えて倒れていても、きっと指一本動かさないだろう。もちろんそんな家ばかりではないだろうが、そういう様子の家が、この住宅地にはよく見受けられた。

「あのさ、もしかしたら引っ越したほうがいいのかもしれないと思って」

職場は近いけどもこのへん不便だしさ、と付け加えると、篤子は、まだ三年も住んでないのに？　と視線を上げる。

「めんどくさい？」

「どうだろ。考える」

篤子は、またうつむいて、おにぎりすごいおいしい、梅干しが、と呟いて一人うなずいた後、お茶を飲んで、そういえばさ、と顔を上げる。

「突き当たりの家からまた、どんって音がしたね。ちょっと前に」

「そうだっけ？　旦那さんが朝から酔っぱらってんのかな」

「そんな人に見える？」

「見えない」

普段まともに見える人がおかしいことは多々あるというのは貴弘にもわかっているけれども、それでもそう思う。

左隣の家の母親なんかと比べると、右隣の突き当たりの古い大きな家の夫婦はずいぶんまともそうだけれども、ときどき家から、壁にぶつかったり拳で殴ったりするような鈍い不穏な音がする。ベッドから落ちた音にも似ているのだが、それにしても数日に一度と頻度は高い。夜は静かなので迷惑というわけでもないのだが。

ベッドからよく落ちられますか？　音がしましたんで、いや文句言ってるとかじゃなくて、大丈夫かなと思って、とその家の夫婦の夫の方に話しかけると、私がたまに酔って壁にぶつかったりするんですよね、すみません、とすまなそうに言っていた。あまりにも何度も頭を下げるので、貴弘もそれ以上は訊けなかった。

「隣の家の子、かわいいよね」

「姉妹のほう?」

「あの子たちもだけど、突き当たりの家の男の子も。学校の帰りに、たまに散歩してるところを見るけど、おすもうさんみたいでね」

「そうだね」

おそらく一六〇センチあるかないかの父親が、あんな大きな子供を育てているというのも驚きだと貴弘は素直に思う。奥さんも身長の低い人だ。二人とも丁寧で、いつも恐縮している。

「どうだろう、気になるならまた言ったほうがいいかな?」

自分が言うけれども、と付け加える。妻には今はストレスを抱えさせたくないと思う。篤子は、迷惑ってほどじゃないしそれはいいよ、と首を横に振る。

「べつに悪い人たちじゃないしね」

「本当にいやになったなって日が来たら言おう」

そう言い合いながら、そういう日は来ないような気もする。それは突き当たりの家の夫婦がとても慎《つつし》み深いという以外に、直感的に何か複雑な事情を抱えているようにも見えるからだ。関わりたくない、助けたくないというのなら、貴弘が違和感を覚えるカーテンを閉めたままの家々の人たちと同じになってしまうけれども、それ以上に、立ち入られるとつらい、という空気を突き当たりの家の夫婦からは感じるのだ。

それを考えると、直接篤子を怒鳴りつけたりする左隣の母親は、ある意味気分的に扱いやすいと言える。何かあった時の児童相談所への連絡も、何のためらいもなくできると思う。

「悪い人たちじゃないって言うんなら、ほとんどの人は悪い人じゃないんだけどね」

「悪いことをするまではね」

篤子はそう言って、わかめのスープを飲み干し、ごちそうさま、と手を合わせる。

「今このへんに逃げ込んでるかもしれないっていう横領犯の写真を見たけど、悪い人には見えなかった」

そう言い残して、篤子は身支度をして大学に出かけていった。二人分の朝食の食器を洗っていると、ドアホンが鳴ったので、誰だよこんな時間に、と呟きながらモニターを見に行くと、斜め前に住んでいる丸川《まるかわ》さんの父親の顔が半分だけ見えた。

「おはようございます。今このあたりに逃げてきてるかもしれないっていう逃亡中の脱走犯について、自治会の副会長である相原《あいはら》さんに少しご相談があるんですが」

副会長？と貴弘は少し考えて、そういえば先月、周辺の自治会の集まりで副会長の役が回ってきたんだった、と思い出す。引っ越してきて二年あまりでそんな役職でいいのかと思ったのだが、自治会に参加する人間自体が少ないため、仕方ないらしい。

「手短に済ませます」

丸川さんがそう言うので、貴弘は少し考えて、すぐ済むんなら、と答え、玄関に向かった。

＊

あの女、矢島みづきだから、ごみづきっていうんだ、ごみづきってクラスの奴はみんな言ってるよ。

弟の話に、母親は、もーしょうくん、そんな乱暴な言い方しないの、と甘い声で応える。弟の翔倫《しょうりん》は、もちろん母親が本気で注意なんかしていないことには気づいていて、ゴミ出ししてるごみづき、ゴミみたいなにおい、と言い募る。もー、と母親は笑いながら、弟のグラスにオレンジジュースを注ぐ。あんた牛かよ、と千里《ちさと》は言ってやりたくなる。

起き抜けに気まぐれに窓を開けた弟は、二つ隣の矢島さんの家の長女がゴミ出しをしているところを見かけたらしい。弟の狭くて暇で刺激に飢えた世界では、同級生がゴミの日にゴミを出していることさえ大きな事件になるらしい。

矢島さんの家の長女に限らず、五歳年下の弟はいつも誰かをけなしている。千里は、自分は親の前で人をばかにしたときにちゃんと注意されてきただろうか、ということを思い出そうとするが、うまくいかない。自分は誰かをばかにできると思ったことがあまりないのかもしれない。兄や姉が怖かったから。

テレビでは、この周辺に逃げてきているかもしれないという逃亡犯のニュースが流れている。逃亡犯が刑務所から逃げ出した足取りの地図が画面に映し出される。確かに少しずつ、出身地だというこのあたりに近付いてきているようにも見えるけれども、こじつけじゃないとも言い切れないし、素通りしていくかもしれない、なんとも言えない、と千里は思うようにする。

「こいつ見つけたら殴ってやる。つかまえてやるよ」

「だめよ。危ないから。見かけても近付かないで」

無視して、と続ける母親に向かって、ぼっこぼこにしてやる、と弟はまだ言い募る。千里は、うるさい、と口の中で呟きながら、抗議するようにオレンジジュースを飲み干したグラスを、音を立ててテーブルに置く。

「うるさい」

大学四年の姉の麻耶《まや》は、千里の手元をじっと見つめながら低い声で言う。じゃあ姉ちゃん、弟にもそれ言ってよ、と千里は言おうとするけれども、朝から姉とやり合う気力はまったくないので口をつぐむ。

「静かに」

父親がやっと注意をするけれども、弟はへらへらし続けている。殴ってやる、と弟は言い募る。一度注意しただけの父親は、それだけで諦《あきら》めたように弟から目を背けてテレビの方に顔を向ける。

「この人はだいぶ近くの人らしいね」

「悪い奴」

父親のコメントが、弟の威勢のいい声にかき消されると同時に、逃亡犯のニュースは次の話題に切り替わった。千里は、そういえば弟とは、アメリカの学校で銃を乱射した男や、不倫相手との別れを受け入れられずに相手を殺した男のニュースも一緒に見たことがあるのだが、その時は殴ってやるとも悪い奴とも言わなかったことを思い出す。刑務所から脱走した女の横領犯のことは好き勝手に言うくせに。弟は、物事の一貫性にはかまわず、自分に関係のありそうな人間とそうでない人間や、自分が勝てそうな人間とそうでない人間を本能的に選別しているのだろうと思うと、千里は心底うんざりする。子供のくせに、とも言えるし、子供だからこそなのかもしれない。

学校もそんなに好きではないけれども、ここにいるよりはまだましだ、と思いながら、千里は朝食の残りを急いで食べる。登校の時間にはまだ少し早かったので、五分でいいから部屋に戻って音楽でも聴こうと思う。

ごちそうさまを言って廊下に出ると、父親も出勤するところだったので、さっき逃亡犯について少し話していたことを思い出し、そんなに近くの人なの？　とたずねてみると、父親は具体的な町名を出して、得意先の人が言ってたんだよ、と答えた。

「すごく近くだよね」

「高校も知ってるところだよ」

父親は、千里が志望先にしてもおかしくないような商業高校の名前を出す。行ってきます、と言って父親は、社長をしている近所の建設会社へと出かける。行ってらっしゃい、と言いながら千里は、自室に戻るために隣の家につながっている渡り廊下に入っていく。

家は複雑で広い。千里の母方の祖父が、隣と裏手の家の家主が出ていく際に買って自分の家とつなげたからで、特に隣の家は競売で安く買えたということを母親から聞いたことがある。千里は、自分の家にはそこそこお金があるのだろうということはわかるけれども、どうして別の新しい家に引っ越さないで、この町に根を生《は》やして縄張りを広げるように近所の家を買って自分のものにするのだろうと思う。

千里の部屋は、家族が食事をする部屋からいちばん遠いので、行き来するのは面倒だけれども、それでも一人になれるだけましだと思う。階段を上がりながら、先ほど観たニュースの逃亡犯について、どうして逃げたんだろうと考える。刑務所の中での態度はとても良かったらしい。所内での食事中に暴動のような事件が起こり、その混乱に乗じて逃げ出したそうだ。罪は業務上横領で、十年間職場でお金をごまかしていた。

千里は二階の隅の自分の部屋で、アデルの曲を一曲だけ聴いてまた出てくる。セカンドアルバムの三曲目。通学用のリュックを背負って廊下を渡り、母屋に戻ろうとすると、祖母が立っていた。偶然だろうか、自分を待っていたのだろうか、と考えながら、うつむいて前を通り過ぎようとすると、千里、と祖母は声をかけてくる。

「あなた、弘《ひろし》さんに逃亡犯のことを訊いてたわね」

「訊いたけど何か？」

千里が顔を上げると、祖母は何か言いたそうに口を開いたけれども、もう学校へ行く時間なんだと千里は思い出して、ごめん話聞けないや、と言って祖母のほっそりした体の横をすり抜ける。

「ねえ、今度一緒におじいちゃんのお見舞いに行かない？」

「考えとく」

突然、逃亡犯とはまったく関係のない打診をしてきた祖母を、なんなんだろう、と千里は訝《いぶか》る。こんな人だっけ？　と思う。千里は、生まれたときからずっと一緒に暮らしているというのに、祖母のことをそれほど知っているわけではないのだが。

千里にとって祖母は祖母だった。「お祖母《ばあ》ちゃん」だとか「ばあば」と呼びかけても、返事をしてくれそうにないと千里は思い込んでいて、要はそういう距離を感じさせる人だった。たとえば、手芸が苦手な母親の代わりに千里が幼稚園で使うエプロンを作ってくれたり、母親よりも見栄えのするお弁当を作ってくれたりもしたけれども、一緒に外出したり、遊んだりということはなかった。テレビさえ同じ場所で観なかった。祖母にとって孫はそういう相手ではないのだ。母親は祖母にべったりだけれども。

祖母はとても家族を大切にして、その体面に気を配っている。だが自分が家族じゃなければこの人にとって自分は家に入ってくる虫みたいな存在だったんじゃないか、と千里は思うことがある。一度、近所の家に配送に来た配達員が、消し忘れていた千里の家の洗面所の明かりを頼りに住所を確認しているのを家の中から見かけた祖母が、まだその人が伝票を見ているのにもかかわらず電気を消すところを見かけたことがある。その時に千里は、自分は一応この人の家族で良かった、と思うと同時に、自分も家族でなければこんなふうに冷たく扱われたのだろうかと怖くなったのだった。

「おじいちゃん、千里に会いたがってたのよ」

「そうなんだ？　じゃあ学校行ってくる」

祖母が適当に言い繕《つくろ》っていることに千里は気付いている。三か月前にお見舞いに行った時、祖父はもうぼけてしまっていて、千里のことを看護師だと勘違いしたのを忘れている。裏を返すと、千里は祖母にとってその程度の存在なのだ。祖父にしても、嫌いではなかったがすごくかわいがられたという記憶はない。兄と姉という上の二人で「もう孫は一通りかわいがった」という感じだったし、父親に会社を譲った後は、遊びで外出していることが多かった。

祖母がなぜ自分に話しかけてきたのか考えて、しかし考えるだけ無駄な気もしながら、千里は家を出る。母親が、家の二方を囲む花壇やプランターに水をやっている。これでもかというぐらい花が咲いている。こんなに花が咲いている、三軒もくっつけた大きな家が幸せじゃないわけがないでしょうよとでも言うように。行ってらっしゃい、と声をかけてくる母親に、行ってきます、と千里は応える。

路地の出入り口の角にはアジサイの大きな花壇があって、育ち過ぎた茎と葉が視界をふさぐ。千里はここで、道の端を走ってきた自転車にぶつかりかけたのだが、それを母親に伝えても「そう」と言われただけだった。弟は耳ざとくそれを聞いていて、おまえがどんくさいから悪いんだよ、と笑った。黙れ、しゃべんなよ、と千里が言うと、やめなさいそんな言葉遣い、と母親は言った。

＊

トーストは今日も雑巾《ぞうきん》みたいな味がする。輝かしいその日だというのに。望《のぞむ》は、台所にまで侵食してきた通販物の段ボール箱の山を見回し、この日までにはすべて開封したかったけれども、できなかったな、と他人事のように思う。彼女が来たらどう思うだろうか。ただお兄さんの家にはたくさん段ボール箱があると思うだけだろうか。

どうしても開封する気になれないのは、同じものを二つ買っているかもしれないからだ。それを知ってしまうのが怖い。金もないのに何をしているんだ、と自分が我に返ってしまうのかもしれないことが、望には怖かった。クッションカバーやシーツ、ポスターやタペストリーといった開封が前提のものは、使用するためのものと保存用を二つ買うけれども、きりがないので他のグッズに関しては複数買いをしないように自戒していた。フィギュアも基本開封はせず、箱のまま飾っておく。通販物を開封しないことについて、段ボール箱や配送会社の茶色の袋に入っているということは、保存されているということだからそのままでいいのではないかと望は無理やり理屈を付ける。

雑巾味のトーストを食べ終わったら、レンタカーを借りに行く。ワゴン車にするか軽自動車にするかまだ迷っている。ターゲットは、今日は五時間目まである日だから、学校を出るのは望の調べでは十四時半前後だ。なので十四時二十五分に、通学路の半ばにある公園の前に車を停める。彼女は動物が好きなので、彼女が公園の近くを通ったら、以下のように声をかける。「池に珍しい緑色のカモがいる。こっちに来てみて、ぼくと一緒にいるところを写真に撮ってくれないか？　シャッターボタンを押してくれるだけでいいんだ」。毎日十四時半ごろに、その公園にマガモのつがいが来ることも、望は調査済みだ。彼女がそのことを知っていて、なんだべつに珍しくもないマガモじゃないかと思ってもいい。望の主観での「珍しい」に説得力があれば。彼女とはしばらく前に一度、公園の近くでサギの話をしたことがあるのだ。公園の池に来るサギに関して、あれはアオサギだよ、と彼女は教えてくれた。顔がかわいいターゲットの顔がかわいくない姉は、鳥には興味を示さないらしく、彼女は、話を聞いてくれる人間を見つけてうれしそうに語ってくれた。

レンタカーはできるだけ遠いところで借りる。望自身の普段の行動とも、仕事とも脈絡のない場所の目星はつけてある。後部座席はピンク色のビニールシートで覆って、ターゲットがＤＮＡを残しそうな所を保護する。「別の公園の池でも写真を撮って欲しいんだ。あなたは小学生なのに写真が上手だから。ぼくらが前に見たアオサギが来る公園なんだ。でも少し遠い場所でね。車で行くことになるんだけれども」。前に見たアオサギかどうかは知らないが、隣町にはアオサギが来る公園がある。

ビニールシートは、レンタカーの返却の際に、レンタカー屋の近くにあるマンションのゴミ集積所に捨てる。そこのゴミは明日の十時には回収され、その場でゴミ収集車に粉砕されるから、おそらく証拠は残らない。

仕事中はずっとこの計画のことを考えていた。もう、休み時間の度に布宮《ぬのみや》エリザの歌を聴いたり、画像や動画を観るだけではこらえられなくなっていた。「つまんねえもん聴くなよ。どんなくだらないもん聴いてるかなんか訊かなくてもわかるよ」「おまえは動画なんか観てんなよ。その前に仕事のこと考えろ。効率考えろ。一人だけ遅えんだよ」。上司である正社員の関口《せきぐち》は、執拗《しつよう》に言ってくる。

うるせえブサイクな娘をデスクトップに表示して人の気持ちを萎《な》えさせやがって。家帰ってブス嫁とさかってろクズが。くそが。

望は瞼を半分閉じて関口の説教を聞きながら、眉一つ動かさずにそう思う。いつも。

関口の醜い娘は小学二年らしい。ターゲットと同い年だ。同い年の女の子がいなくなったら、きっとあの醜い娘の学校にも伝わることだろう。知らない人について行ってはいけません。でも安心しろ。あんなブス誰もさらわないから。関口が少しでも職場で「娘が心配だ」とでも言ったら、「娘さんは大丈夫ですよ。かわいくないから」と言ってやる。蔑《さげす》んでやる。

ターゲットのことを考えたいのに、上司の関口の醜い娘が運動会で大玉転がしをしてるデスクトップの画像のことばかりが頭に浮かんでくる。声を聞いたこともない、名前も知らない娘だった。

俺はおまえがクズでおまえに傷付けられてるから女の子をさらう権利がある。でもその対象がおまえの娘じゃないなんて皮肉だよな。

そのことを考えるたびに、望は頭の中で何かがずれていくような感触を味わう。スリルと言ってもいい。ジェットコースターの滑り出しにも似ている。望はそれに、めまいのような感覚を覚える。何重にも何かを軽蔑できているような気分になる。自分を取りまく不遇を蔑むという意味で、自分がもっとも合理的な行動をとろうとしていると思えるのだった。

トーストを食べた後、エナジードリンクを飲み干して、望は台所のゴミをまとめる。自分が無辜《むこ》でいられた日々の最後のゴミ出しだ、と思うと笑えてくる。玄関を出ると、二つ左隣の家の父親が、向かいの並びの奥に住んでいる子供のいない中年の夫婦の家の方から歩いてくるのが見える。おはようございます、と男は快活に言う。おはようございます、と望は首だけ突き出すようにして小さい声で言う。

「大柳《おおやなぎ》さんは、このへんに逃亡犯が来ているかもしれないってご存じですか⁉」

望は舌打ちをする。知ってるけれども、三十六歳の女のやることなんか興味ないし、突然何なんだよ、そいつもこいつも。

「ご存じかと思われますけれども」決めつけんなよ。なんだよこいつ。「今日はお休みですか?」

「ええまあ」

言って良かったのか悪かったのかもわからないが、その通りなのでそう答える。

「覚えておきます。何かお願いするやもしれません」

やもって何だ、やもって。

どうぞよろしくお願いします！　と二つ隣の家の父親は、望に向かってわざとらしい丁寧なお辞儀をして、家の中に入っていく。なんだあいつ、と望は立ち尽くす。どんな人間かは知らないが、自分より二十だか三十だか年上に見える会社員のおっさんというだけで、望からしたら嫌悪の対象なのだが、何なんだあの事務的な腰の低さは。

三十六歳の女になんか興味はない、と切り捨てながらも、望は家の前に立ったまま、自分の知っている限りの逃亡犯のことを考える。興味はない、と言いつつ、ネットで何本かの記事は読んだ。

十年も横領をしていた女。大きな社交団体の登山サークルの事務局で働いていた女。少額の横領が積もりに積もって足をすくわれた。

きっと守られることもないし、守るものもない人生だったんだろう、俺のように。

そう思うと、なぜか望は自分がトーストをもう一枚欲しているのを感じた。自分みたいな人間が一人で寂しく食べたって雑巾の味しかしないことは知っているはずなのに。

右隣の家の老夫婦のばあさんの方が、ゴミを出しに家から出てきた。おはようございます、お休みですか？　と話しかけられて、ええまあ、と望は答えた。

＊

終点まではまだ少しあるというところで、耕市《こういち》は目を覚ました。もう一眠りしようにも、あと十五分ほどで会社の最寄り駅に着く。以前は会社まで地下鉄で八分の所に住んでいたが、今は電車を二本乗り継いで七十五分かかる実家に住んでいる。地元から乗る一本目の電車が八分、乗り継ぎに七分、二本目の特急に六十分乗車する。飛躍的に不便になったのを感じるけれども、特急は始発から終点の間を乗車するので、座ってゆっくり通勤できることだけはよかった。

実家に帰って半年が経つ。自分でも良くない傾向だと思いつつも、母親と久しぶりに同居することにも慣れてしまった。

今日も家を出ると、家の前に隣の家のゴミ袋が置いてあった。隣の長谷川家は家族が多いせいか、毎回平均三袋ほどのゴミを出す。耕市は、朝のほんの一瞬それを見かけるだけなので、ずっと気にしないようにしていたけれども、ゴミの日の度に家の境界をはみ出してゴミ袋を置かれているのを見かけるのは、決していい気分ではなかった。母親にたずねると、収集車が来る一時間前には少し戻しておくのでいいのだ、と言っていた。それで隣の家に何か言われたことはないという。ゴミを出すのはあの家の娘だけど、あの子は意地悪でも何でもなく、ただ何も考えてないんだろう、と母親は言う。嫌がらせでも権利の主張でもなく、単に生まれながらに横柄なだけだ。そりゃあの家に生まれたらそんなふうにもなる。謙虚にならなければいけない瞬間もこれまであったかもしれないけれども、それはとにかくこの路地でゴミ出しをしてる時じゃない。

母親は妙に冷静に、しかし思いつく限りのことを耕市に述べた。耕市は、あの家の人は、大量の花で家の二方を飾ってるから、ゴミ袋が出てると家の景観が損なわれると思ってるんじゃないかと考えていたが、母親の話を聞いていると、そんな意図すらもないような気がした。

四十年前に父が建てた耕市の小さな家もだいぶ老朽化しているけれども、三棟を無理にくっつけた隣の家も、大きいには大きいが古くてちぐはぐだと耕市は思う。太い鉤《かぎ》型の家の二方は、ふさわしいスペースでもないのにやたらプランターと間に合わせの花壇で飾られている。きれいに咲いている花もあるけれども、全体の三割ほどは枯れているか生育不良で、とにかく数を並べればどれかはきれいに咲くだろう、というようなおおざっぱな発想が根底にあるように思う。それがほどほどのものなら耕市は気にも留めなかっただろうけれども、何しろ大量だし、道にはみ出している。耕市の家との境界にもだ。うるさく言いたくもないけれども、耕市が建築物の検査の仕事をしている以上、気にはなる。

隣の娘、と母親は言うけれども、三十六歳の耕市より十歳は年上だろうと思う。耕市は、両親が四十歳近くになって生まれた子供だから、母親同士が同じような年でも、子供同士は違うし、隣の家の母親は今は祖母という立場だ。子供を産んだ人数からして違う。耕市の母親の子供は自分一人だが、ゴミをはみ出して出す隣の娘は四人きょうだいの末っ子だ。しかもすでに四人も子供がいる。人数が多い。良いとか悪いという話ではないのだが、耕市は漠然と、隣の家には家族としてのエネルギーがあるけれども、うちにはあまりない、と子供の頃から思っていた。

大きな家の隣に住む小さな家族が、耕市の一家だ。二年前に父親を見送って、一家はますます縮小した。昔なら気にしたかもしれないけれども、今となっては家はただ寝に帰る場所なのでほとんど何も思わない。耕市が自分のデスクを持ち働いている場所は、それなりに都会である地方都市のオフィス街で、そこに居場所を作れたことには満足している。住んでいる住宅地には正直うんざりするところもあるけれども、それは自分を形作る一割ほどでしかない。

だから母親が、ゴミ出しに関して隣の家の娘に寛容でありながら、月に一度ぐらいは何か、文句でもなく報告のように隣の家について口にすることに疑問はあった。母親と隣の家の祖母は同い年で、小学校からの顔見知りらしい。友達ではないのは、隣の家の祖母が二つ隣の町の出身だからだ。

母親は、隣の家の祖母に張り合っているという態度は決して見せない。けれども一度だけ、あの家の旦那は本当は耕市が出たあの大学を出てないからね、と言っていたことがある。近県の国立大のことだった。耕市はその大学の工学部建築学科を卒業している。隣の家の祖母の夫、つまり隣の家の祖父は経歴を詐称している、と母親は暗に言っていて、自分の息子はその詐称した経歴を上書きしたということなのだろう。でも自分は恋愛に失敗してひどい自己放棄に陥《おちい》り、なんとか仕事を続けるためだけに実家に帰ったような人間だしな、と耕市が笑いながら反論すると、隣の家だって四人きょうだいのうち三人とは絶縁同然なのよ、と母親は真顔で言っていた。増員拡大をするにはしたけれども、マネジメントはしきれなかったということか、と耕市は理屈で考えた。

特急の外の風景が、住宅地から市街地に移り変わっていく。あと十分ほどで終点に着く。耕市は、仕事が仕事というだけで憂鬱《ゆううつ》だと体が反射的に重くなるのは理解できるけれども、安堵した気分にもなる。自宅や隣の家の引力から解放されるような。

近所のことばかり考えていても気が滅入るので、気晴らしにリュックサックからタブレットを取り出して、ニュースサイトを開く。自分の家の近くの地名が飛び込んできて、耕市はぎょっとする。刑務所を脱走した逃走犯が近くに来ているかもしれない、という話は、母親の口から少し聞いたような気がするけれども、昨日も一昨日も遠方に仕事に行って疲れていたので取り合わなかったのだ。

名前と顔写真が出ていた。日《ひ》置《おき》昭《しよう》子《こ》。三十六歳。耕市の中学の同級生だった。すごく勉強ができた。耕市よりも。おそらく学年で一番の成績を収めていた。中学三年の終わりに親が離婚し、高校は商業高校に進んで、十八歳で就職したと聞いたことがある。離婚の原因は家業の倒産。

「名字、変えなかったんだな」

親の離婚後も、日置昭子は父親の姓を名乗っているようだった。顔写真だけでは、もしかしたらわからなかったかもしれない、と思いながら、耕市は記事の中の日置の画像をじっと見た。

日置は、中学の頃の面影をわずかに残したまま、情緒を抑えた顔つきでこちらを見返していた。社会人になった日置の顔写真を見つめながら、自分もこうなる可能性があったのではないか、と耕市は思った。家は事業なんてやっていなかったし、特に根拠もなかったが、それでも強く耕市は思った。

＊

店に彼女の顔写真が回ってきて、この女に注意というお達しが出たのは一昨日のことだった。女はジーンズに紺と白のボーダーのカットソー、赤のクロックスという無難な格好をしているが、実は刑務所から逃げてきていて、服や履き物は刑務所の近所の民家から盗んだものらしい。その家の主婦は、家の前で自分が昨日着ていたのとまったく同じ服装をした女に「すみません！」とあやまられたらしい。基夫《もとお》は、その話を聞いてわははっと笑ってしまったのだが、いやいや松山さん笑い事じゃないよ、と警備のチーフは顔をしかめた。

「服盗んであやまるとかいい人じゃん」

「十年も横領してんだよー。悪い人だよー」

体を斜めにして、軽く顔をのぞき込んでくるような仕草をするチーフに、基夫は、そっか、と素直にうなずいたが、心中では、この人を売り場でつかまえたりするのはちょっと心が痛むだろうな、と思う。単に真面目《まじめ》そうな女性だからだろうか。そうかもしれない。顔写真を見た時、まっじめそうだなー、と基夫はそのままの所感を言って、同僚たちもうんうんとうなずいていた。

二つ隣の家に住んでいる、レジの山崎さんもこのことには興味があるらしい。山崎さんとは家の近くではほとんど顔を合わせないのだが、休憩の時にときどき一緒になるので、話題があるときは話す。だいたいはテレビの話で、ジャンルはお笑いだとか、夜の十時にやってるドキュメンタリーについてだ。内容は、独身がやばい、老後がやばい、古い家がやばい、の時が盛り上がる。二人の共通項だからだ。

基夫は六年前に今の一軒家を安く譲ってもらった。当時はすごくいい買い物だと思った。その気持ちは今も変わりないのだが、いずれ訪れるであろう老朽化はやはり気になる。二年ぐらい前に実家に帰ってくる以前は大手企業の課長だったという山崎さんは、近寄りがたい人なのかと思っていたら、べつにそうでもなかった。ただ、お互いに三十歳以前なら確実にしゃべることはない相手だっただろうというようにも感じるので、二人とも年をとっているからこその気安さなんだろうと基夫は思う。

逃亡犯のことは、休憩所で山崎さんとも話した。逃亡犯が服を盗んであやまったっていう話で俺笑った、いい人じゃんって言ったらチーフに注意されちゃったよ、と言うと、まあその部分はそうかもしれないですね、と山崎さんは言った。

「十年で約一千万の横領ですと」

「それ多いの少ないの？　年間百万？」

「月で割ると八万ぐらいですよ」

「それはやっぱ悪いな。俺らの月給の半分よりちょっと少ない程度だもん」

「そう言われると私もかなり悪い気がしてきました」

「来たら捕まえるよ。俺の十日分ぐらいの給料らくしてぶんどりやがって－！」

基夫が両手を突き出して仮想の誰かの両肩を揺さぶるような動作をすると、山崎さんはげらげら笑った。

逃亡犯の顔写真は、休憩所の壁に貼られるようになった。現在休憩中の基夫は、飲むヨーグルトを飲みながら、三十六かあ、と彼女の年について感慨深く思う。そして二年前に関わりのあった女の子のことを思い出す。

カイラの本当の年もそのぐらいだったよな。俺よく考えたらそんなにも年下の女の子のこと好きだったんだな、本気で。結婚とか考えてたんだな。鏡見ろってな。

カイラはスナックにいたフィリピンの女の子だった。美人て感じじゃなかったし、男にどうやったら金を出させられるかを考えるのが不得意そうで、パブで踊ってるような子より年を食ってたけど、一緒にいて楽しかったし、向こうも楽しいと言ってくれていた。いい子だった。よく仕事抜きで遊びに行った。地元のバスケットボールチームの試合を観に行ったり、水族館に行ったり、ラーメン屋をはしごしたりした。最初は店の人間と客の関係だったけれども、何度も遊びに行くうちに、カイラが金を出すことも多くなった。カイラはよく呑むけど、絡んだり乱れたりすることがなかった。

落ち着いた子だった。最初は十歳サバを読んでいたが、外国の女の子の年はわからないから基夫は平気だった。

基夫の運転で和歌山の白浜にパンダを見に行き、付き合ってるといってもいい関係になった後、基夫はぼんやりと結婚について考えるようになったのだが、仲良くなればなるほどカイラが話してくれる故郷のことが気にかかった。初めて付き合った故郷の男が、妻と母親を立て続けに亡くして、四人の子供を抱えて困っているようだという話も聞いた。

結局、基夫は「くにの幼馴染《おさななじ》みんとこに行きなよ」と彼女に告げた。「その子大変なんだろう」。よく考えたら、はじめっから亡くす嫁さんも母親も持て余す子供もいない俺の方が先々大変なのかもしれないのに。

故郷に帰ってやもめの幼馴染みと結婚したカイラは、今もたまにメールをくれる。いちばん上の女の子が反抗的で手を焼いているが、カトリックの私立中学の合格通知が来た時に、カイラの助言のおかげだと泣いたらしい。その学校に行く金も、おそらくカイラが日本で貯めていた金だろう。

カイラのことを考えていると、休憩時間がすぐに終わってしまう。そういうのは損だから次の休憩時間はもっと別のことを考えようと基夫は思う。

休憩所に置かれている姿見で身なりを整えて、警備員の帽子を被り、基夫はバックヤードから売り場に出ていく。さっそくおばあさんに話しかけられ、乾燥しいたけはどこかと訊かれる。基夫は彼女を伴って売り場に案内する。このスーパーは、警備員を外注せずに直接雇い入れているため、基夫たちも「警備員だから売り場のことは知らない」という顔はできない。おばあさんはよく基夫に細かい商品の売り場を訊いてくる人で、顔見知りになっている。あさっては雨が降るかも、気を付けて、とおばあさんが言うので、わかったよ、と基夫は答える。

乾物の売り場の特売コーナーでは、さきいかが安くなっている。路地の出入り口の笠原さん夫妻に買って帰ろうかなと基夫は思う。じいちゃんの方が自分の祖父に似ているのだ。基夫と笠原さん夫妻は、ときどき夜遅くまで七並べやババ抜きや神経衰弱といったトランプ遊びをする。なんとなく始めてみたら、意外にも三人ともとても楽しかったという所感なので続いている。

じいちゃん今日は通院の日だったんだっけ、俺が退勤する夕方までに帰ってくるかな、と基夫は思いながら、研修で習った厳しい顔を作りながら、店内を静かに流した。

＊

ちょっとえつ子さん、こっちに来てくれないか、と通院用のリュックを足元に置いた夫の武則《たけのり》が、食卓から手招きするので、えつ子は取り込んだ洗濯物を廊下に置いて武則の所に行く。携帯電話を持った武則は、これ、とえつ子に「防犯情報」という題の付いた画面を見せてくる。【タイトル】には「犯罪注意情報」とあり、注意喚起元の【警察署】には県の警察本部が表示されている。【場所】にはまさしくこの家がある地域が示されていて、【本文】には、×月×日に××県女子刑務所を脱走した逃走中の受刑者が、隣の市で目撃されたため、近所まで来ている可能性が高い、とある。小学生の登下校時にはできるだけ大人が付き添い、複数人で行動させ、防犯ブザーを持たせることが望ましいとのこと。また、付近を通行する際には、周囲を警戒するとともに不審な人物を見かけたらすぐに１１０番通報してください、ともある。

「人間の情報でこんなの来るの初めてじゃないかな」

武則は、興味津々といった様子で防災速報のアプリが表示されている画面を眺める。

「そうかな。たまに来ますけどね」

「え、どんなの？」

「このへんの。小学生とか中学生に声をかける不審者がいるってね。まあ、閑静な住宅地だからじゃないですか」

えつ子は、そうした報《しら》せを見る度に、前に住んでいた商業地域にほど近い公営団地に戻りたい気がしてくるのだが、夫の通院のためにはここがいいし、引っ越しをするのももうしんどいしな、と思い直す。この家は、えつ子が叔母から相続した。売ろうか住もうか迷ったのだが、えつ子も武則も二十年以上団地に住んでいたので、一軒家に住むのも良いかもしれないと話し合って決めたのだった。武則の脚が悪いので、自宅のあった四階までの上り下りがつらかったという理由もあった。

逃亡犯については「女性。三十六歳。紺と白のボーダーのカットソーにデニムのパンツ、赤のサンダル」とある。

「私たちに娘がいたらこのくらいかもよ」

「いや、もっと年はいってるだろう」

軽口を叩き合う。七十五歳の妻と、八十歳の夫の夫婦なので、可能性がまったくなくはない、とえつ子は密かに思うけれども、ことさらに主張もしない。

「今の女の人は四十代後半で子供を産むことなんてよくあるのよ」

「医学の進歩だね」

えつ子は少し笑ってしまいながら、脚は痛くて重いらしいが、舌は相変わらず回ってくれる夫に数秒だけ感謝する。孫っていうには年がいきすぎてるか、と武則は呟く。

えつ子は、武則と結婚する前に、三十七歳で一度離婚している。夫の家から望まれながら妊娠しなかったから。実家の両親はすでに二人とも亡くなっていたので、一人で暮らしながら仕事を探し、飲料メーカーの企業向けの配達の仕事にありついた。武則は、その配達先の職場で働いていて、えつ子は最初の離婚から八年後の四十五歳で、当時五十歳の夫と結婚した。年齢と時代を考えると、子供は望むべくもなかったけれども、武則といると気楽なので、どうしてこの人ともっと早く、もっと後の時代に出会わなかったんだろう、と考えることもあった。

だいたい誰を見ても、この子が自分の子だったら、と一応一度は思う。家に来てくれるヘルパーさんでも、近所の人でも。向かいの家の子供が四人いる娘さんでも、その隣の家のいい大学を出ている息子さんでも、そのもう一つ隣の小学生姉妹のお母さんでも。隣の家の一人暮らしの男の子でも。

子供への渇望というよりは、ただの習慣だった。そうやって想像する趣味があるというだけだった。

「ちょっと早めに出て、病院の近くの本屋に行こうと思うんだけど、何か買ってきて欲しいものはあるかい？」

「編み物の本ですかね。小物の」

「かぎ針のほうでいいね」

「そうね」

夫は無意識に脚をさすりながら、バスの時刻表とにらめっこをしている。本屋に寄るためにはこのぐらいの時間だろうと目星をつけているのだろうとえつ子は思う。まったくこの辺りは、本当に住宅ばかりで書店の一軒もない。コンビニも遠い。住宅地のはずれにあるスーパーに、どの人も頼り切っている。住んでいる人はそれなりに品がいいと聞くけれども、うちの近所は活気がないとえつ子は思っていた。

ドアホンが鳴ったので、はーいと返事をしながら玄関に出ていく。丸川です！　おはようございます！　という声が聞こえてきた。なんだろうね、と武則が不思議そうに言う。

ドアを開けると、三つ隣の丸川さんの旦那さんが立っていた。いつ見てもしゃっきりしてる、とえつ子は思う。それでべつに悪いわけではないけれども、えつ子には窮屈で、どこか緊張を強《し》いられる快活さだった。

「突然おたずねして申し訳ございません。単刀直入に申しますと、逃亡犯のことなんですが」

しばらくこの路地で自衛できないものかと考えている、つきましては、夜警というか、道路を夜に見張れたらいいなあと考えまして、もしかしたら路地の出入り口にあるおたくの家の二階をお借りするかもしれませんが、よろしいか、ということを、丸川さんはよどみなく話す。

「お借りする費用に関しては、自治会費から工面《くめん》できるよう私がはからいますけれども」

「いいですよ、そんな」

「じゃあ良いですか？」

「片付けないといけませんし、夫がいやがったらだめですけど」

武則は賛成するだろう、とえつ子は思う。えつ子自身も特に異論はない。本当は、誰にも生活には立ち入って欲しくないぐらいに考えるべきなのかもしれないけれども、二人で暮らすのに少し持て余している感もあるこの家に、それほどこだわりもない。

「あと植物の件なんですけれども」

「家の周りの？」

「はい」

叔母が育てていた椿やサルスベリを、えつ子も惰性で世話をしているのだが、花を付けない季節はつまらないなあ、と思って世話をさぼることがあるので、最近はかなりこんもりしている。

「申し訳ないのですが少し刈っていただけますか？　本来は私がお手伝いすべきだと

思うんですが、あいにく私は植物にさわるとかぶれる不安がありまして……」

そして息子も学校なので……、と丸川さんはまるで誰かの重病を伝えるかのような沈痛な表情をしてみせる。言っていることは確かに理不尽なので、このぐらい大げさなほうが無難なのかしら、と丸川さんの側に立ってえつ子は思う。

「いつまでに？」

「そうですね、遅くとも明日までには……」

丸川さんは、一秒ほど迷う様子を見せた後、おそらく頭の中にあるいちばん早い期限を言う。えつ子は、そうですか、と軽くうなずきながら、何のあてもないけど、だめだったらだめだったと気負いなく言おう、と考える。

丸川さんが帰り、食卓のある台所に戻ると、何の話だったの？　と武則が話しかけてくる。二階の部屋を借りたい、という申し出について説明したあと、えつ子は植え込みの話をする。武則は脚が悪いし、えつ子もあまりに高い場所の枝を刈ったりはできない。武則はうーんとなって、松山さんにお願いするとしても、今日は夕方まで仕事だしなあ、と首を傾げる。

「先週は家具の組立もやってもらっちゃったしね」

台所用のスチールラックを新調したのだが、松山さんはまったく頼みもしないのに、組立と設置をやってくれた。ありがたかった。

「その前の週は玄関灯の電球を取り替えてもらったし」

いつものように夜にトランプで遊んだ日の帰りに、玄関灯がちらついているのを発見した松山さんは、閉店間際のスーパーまで電球を買いに行って、戻ってくるとそのまま玄関で電球を開封して取り替えてくれた。

「あんまりいろいろやってもらってると、肝心な時に頼みにくいもんだね」

えつ子もいったん椅子に座って、どうしたものか二人で考えることにする。

「平日だしなあ。そんなにみんな家にいないか」

夫の言葉に、向かいの三棟続きの長谷川さんの家の娘さんはいつも家にいるけれどもね、とえつ子は胸の内だけで反論する。向かいの家の人々のことはほとんど知らないけれども、娘さんが何かを頼めるという感じの人ではない、ということだけはわかる。

そういえば、ゴミ出しの時に隣の家の男の子と少し話した。男の子というか、おそらく二十代半ばだけれども。今日は休みだと言っていた。彼に関しても、いい人間かどうかなどは知らないけれども、回覧板はいつも見やすいところに立てておいてくれるし、家の前に停めてある自転車は敷地をはみ出したりしないし、夜は門灯をちゃんと点けるし、悪くない人なのではないかと思う。

「隣の人はどうかな？」

「若い男の子？」

「そう」

「なるほど」

三千円ぐらいでやってくれないかな、と武則は足元のリュックを膝にのせて財布をあらため始める。

「部屋を貸すのはただでいいから、このお金を自治会に請求できないかしら？」

「どうだろうな」

なぜ町内のことという名目で頼まれたことを依頼するのに自分たちがお金を払うのかとは思うけれども、仕方のないことではある。こんなことで偏屈にはなりたくない、ともえつ子は感じていた。

「じゃあ、声かけてみます」

えつ子が言うと、頼むよ、と武則は千円札を三枚、食卓の上に置いた。一人暮らしだろうから、自分たちの夕食を早めに作って持っていってもいいだろうか、とえつ子は思った。

＊

昨日はヒロピーとウインナーと一緒に、レベルが10より上のランカーたちを倒した。

ネット越しの対戦は、例によって相手がどういう人間かはまったくわからないのだが、ユニットの装備がどれもこれもやたら金のかかるものだったし、ルビーでないと入手できない今月発売のユニットを見せびらかすみたいに使ってたので、相当課金してるんだろうな、と恵一は初見で思った。

戦闘は、ヒロピーがうまく迎撃ユニットを配置してこっちの陣地に敵を入らせず、さらにウインナーが細やかにそれを補完する動きをしたため、恵一が思い切って相手の陣内に攻め入って不意をつくことができたので勝てたと思う。ヒロピーは守備がうまくて、ウインナーは状況に応じた柔軟な動きができる。そして自分は相手の手薄なところを攻撃するのが得意な方だ、と恵一は自負していた。

相手のトリオは、レベルがずいぶん下で雑な装備しかしてない恵一たちにこっぴどくやられて苛立《いらだ》ったのか、一秒で再戦を申し込んできたが、それも苦戦しながら恵一たちがやっつけた。

心地よい緊張感とあふれるような達成感に、恵一は本当にヒロピーやウインナーとコーラで乾杯したい気分になったのだが、ゲーム上での友達とそうするわけにはいかないので、コーラを買ってきて「コーラ飲む」とチャットに書いて一人でコーラを飲んだ。ウインナーは家にファンタがあったらしいのだが、ヒロピーは緑茶で我慢したそうだ。恵一は、いつかヒロピーやウインナーたちとファストフードの店かなんかに実際に集まって、いろいろじかに語り合いたいと思っていた。いちばん好きなユニットや、いちばん使えると思うスキルや、これから集中的に育てたいユニットについて。

ヒロピーやウインナーとトリオを組み始めて、先月で半年になる。ウインナーはチャットで方言を使うので、どこの言葉か訊くと「土佐弁」と答えたので、高知の人らしい。ヒロピーとはそういう話にならないのだが、以前ヒロピーが何枚かあげていた、台風の時に踏切の信号がひん曲がってしまった画像に見覚えがあった。もしかしたら近所の踏切かもしれないと恵一は思ったのだが、その時は恵一がゲームの中で購入したばかりの新しい進撃ユニットに獲得経験値五倍アップのアイテムを使うか使わないかでものすごく悩んでいたので、その話はすぐに流れてしまった。

今日の朝、学校に行く前にちょっとだけニュースを観に行くと、一か月後に全国六都市でリアル対戦の大会をやるフェスが開催されるというニュースが出ていて、恵一は一時間目から四時間目までずっとそのことを考えていた。給食を食べ終わりそうな今も考えていた。この後の昼休みには塾の宿題をやらないといけないのだが、本当にその予定がじゃまだと思った。いつも勉強を教えてくれる亮太には悪いけれども。

「あのさ、札幌、仙台、東京、名古屋、神戸、福岡とあってさ、おれと高知の人の両方が行きやすいとこってどこだろ?」

恵一の突然の質問に、亮太は眉をひそめて首を傾げる。

「どうだろ、神戸か名古屋ぐらいじゃないの？」

「やっぱりそうか」

「でも飛行機乗ったらわからないし」

「そうか」

「エルシーシーもあるし」

「何それ？」

「格安の飛行機会社」

何でもよく知ってるなあ、と恵一が言うと、そんなことないよ、と言いながら亮太は、太い縁のメガネのフレームを左手で上げつつ、給食のカレーのごはんをスプーンで皿の端に集める。亮太はたぶん、恵一の今までの友達の中でもいちばん頭がいい。県下で最高の偏差値の公立高校にもたぶん合格するだろうし、勉強で苦しんでいる恵一からしたらうらやましい存在なのだが、最近母親が家を出ていったとかで、ときどきふさぎ込む様子を見せている。けれども恵一が、おれなんか幼稚園の頃にいなくなったし母親、と言うと、そうか、と申し訳ないような、はっとしたような顔をする。

そういう話をすると一瞬だけ自分に箔《はく》が付くという感覚に、恵一はずいぶん前に気が付いていて、小学生の時はたまに親に子供っぽい不満を漏らす友達がいたらここぞという時に母親のことを口にしていたのだが、中学に入ってからはきっぱりやめた。

母親は恵一を親戚のところに残して出ていったけれども、恵一を預かってくれた母方のおじさんや、年の離れた従姉にあたるその娘さんも良くしてくれたし、今一緒に住んでいるおばさんも普通に接してくれるし、塾にだって行かせてくれるので、不幸を捏造《ねつぞう》するのはかっこわるいと恵一は考えるようになっていた。

亮太とは中学一年の時に同じクラスになってからの付き合いで、勉強はできるしい奴なのだが、ゲームはしない主義だったので、その部分だけは共有していなかった。恵一は一日のけっこうな時間をゲームのことを考えて過ごすため、亮太とは学校も塾も同じなのに、不思議とべったりという感覚はなかった。亮太も、恵一がかなりの時間、ゲームのことを考えていることに口出しはしなかった。おそらく、恵一がゲームにかかずらっている間、亮太は家を出ていった母親とか、彼女に戻ってもらうためにいろいろ策をめぐらしているらしい父親のことを考えているのだろう。恵一にとって親の問題は、局面として終わっていることなのでたまに申し訳なく思う。

ゲームの話はできないけれども、塾の帰りに亮太の家の近くの自動販売機の前で話し込むのは、恵一にとっては大事な時間だった。本当に毎日何の話をしているのかよくわからないけれども、時間は過ぎていったし話すことも尽きなかった。昨日はコンビニで出た新しいコロッケがうまいけどまあまあ高いのと、売り切れてることが多いんで早めに買いたいけど、いちばん食いたい塾の帰り道にはコンビニがない、という話をした。

亮太と解散した後は、だいたいその場所に飛んでいるＷｉ－Ｆｉの電波にただ乗りしてゲームにログインし、ボーナスをもらったり装備を整えたり、訓練するユニットを替えてから帰宅していた。電波はおそらく、自動販売機の横の倉庫を持っている家から飛んでくるのだと恵一は考えていた。その家は、植物で囲まれているわりに門灯も点けず、雨戸も閉めっぱなしの暗い家だったが、Ｗｉ－Ｆｉの電波が漏れていることだけはありがたかった。おばさんは、恵一がゲームをやり過ぎないように夜の十時半以降はＷｉ－Ｆｉの電波を切ってしまうことがあるため、夜中はときどき家でゲームができなくなってしまうので、ここでの時間は恵一にとって貴重だったのだが、先々週の終わりに電波にロックがかかってしまったことがものすごく残念だった。

ときどきその家から聞こえてくるピアノの音を聞きながら、従姉の昭子ちゃんはピアノがうまかったな、と思い出していた。昭子ちゃんは、恵一の母親の兄の娘だった。「昭子ちゃん」と言っても、恵一の母親とおじさんがものすごく年が離れているので二十歳以上年上だったが、恵一はそう呼んでいた。小学二年から三年の終わりまで一緒に住んでいた昭子ちゃんは、恵一の身の回りの世話はそつなくやってくれたし、話もおもしろいし、ときどき小遣いもくれたし、いい人だった。

昭子ちゃんが刑務所から逃げ出して二日になる。恵一の家にも警察が来て、おばさんに話を聞いていったのだが、おばさんは「知らないし、来たらすぐに連絡する」の一点張りだった。恵一には「いつも通り生活して、昭子がやってきて話しかけたりしてきたらすぐに警察に言いなさい」と言う。恵一は、刑務所から逃げ出すのは悪いことだと思うけれども、昭子ちゃんを警察に突き出したりはしたくないので、できれば何も言ってこないでいて欲しいと思う。あと、このまま行方不明になられても心配なので、刑務所に戻って欲しい。刑務所だけど。そして自分たちが親戚同士であることは、亮太にも言っていない。恥だとは思わないけれども、母親が出ていって、内心では消沈している亮太に、これ以上ややこしい話をしたくなかった。

昭子ちゃんが逃げ出した矢先に、大会の情報が飛び込んできたので、恵一としては頭が忙しかった。本当は昭子ちゃんのことを考えるべきなのかもしれないが、自分にできることはないことはわかっていたので、とりあえず大会の話をヒロピーとウインナーにして、トリオで出てみないかと打診しようということを考えていた。ウインナーは同い年らしいのでたぶん大丈夫だろうけれども、ヒロピーは少し年下みたいなのでどうかな、という懸念もあった。

二人がだめならソロでもいいけど、やっぱりトリオがいいな、と考えながら、恵一は食べ終わった給食の食器を見下ろしながら、ごちそうさまと手を合わせた。

＊

大学のカフェテリアで、一向に呼び出し中から切り替わらない画面を見つめながら、由歌《ゆか》は眉をひそめて携帯を裏に向ける。たぶんこれでもう、今日小山先生の携帯に電話をかけるのは十二回目ぐらいだ。携帯に着信どころか、自宅の電話にもＳＭＳにも携帯のメールにも研究室の電話にも学校の職員ページのメールアドレスにもすべて連絡を入れたが、小山先生は由歌を無視していた。ここまでシャットアウトされると、愉快というか不思議な気分になるな、と由歌は思う。人生でこんなにまで無視されたことは一度もない、という主旨のことを由歌はぼんやり考える。

裏を向けた携帯は、すぐに軽い音を出して恋人の育斗《いくと》からの通知を知らせる。おまえじゃない、と由歌は思う。小山先生に電話をかけてつながらないたびに、由歌は育斗に「先生が無視してくる。四十過ぎてるくせに子供みたい最悪」という内容を手を替え品を替え送り、育斗はそのたびに「最悪」とか「どんな奴？」とか「講師としてないわその無責任さ」とか「ＳＮＳに名指しで書けばいいんだよ」といった返信を送ってくるけれども、おまえじゃない。自分が育斗に愚痴を送るのはいいけれども、育斗は由歌に何も提案すべきじゃない。

由歌はとにかく小山先生と電話で話したかった。今日は小山先生が授業を持っている第一校舎とは違うキャンパスでの授業で、そちらから第一校舎まで歩くと十分かかるから、電話が良かった。

逃亡犯を取材しようと思っている。たまたま同じクラスに、彼女と同じ町内出身の男子学生がいて、本人の家はもうないけれども、親戚がまだ近くに住んでいるというのだ。由歌は、逃亡犯が怖いので知らずにそこに近付きたくないからどのあたりか教えて欲しい、と彼からおおまかな住所を聞き出した。逃亡犯がこの町に向かっている可能性があるのなら、その親戚の家にも近付くかもしれないと由歌は思った。あまりにも単純な話ではあるけれども、賭《か》けてみる価値はあると思う。もしまったく逃亡犯が姿を現さなくても、親戚という人たちに話を聞けばそれはそれで何かになるかもしれない。その家の近所の人たちだって何か知ってるだろう。ちまちまと横領をしていた頃の逃亡犯の生活について。

小山先生には、そうやって話を聞いたことについて、どんな媒体に送ったら良いかとか、複数がいいのか一つに絞ったらいいのかとか、どういった文体にまとめると目に留まりやすいかとか、SNSや動画サイトでまず発表した方がいいかとか、記事を必要とする媒体が見つかって相手先と会うことになった時に、地味にしていった方がいいのか派手にしていった方がいいのかだとか、記事にどのぐらいの値が付けば妥当なのかということを教えて欲しかった。

元新聞記者の小山先生に相談したい理由は、ひとえに話しやすいからだった。お人好しで、自分のしてきた仕事に価値があるとはあまり思っていないから興味を示すと簡単に喜ぶし、熱意のかけらを見せれば少々の無理も聞いてくれる。稲美《いなみ》教授の方が業界でのランクは高いようだし、いろんなコネも持っていそうだというのは一目瞭然だったけれども、実際的すぎることは訊きにくいと思った。由歌のたずねたいことになにか愚問が含まれていて、見込みのない女だなと少しでも思われるのはいやだった。稲美教授に見せるのは、あくまで完成形の自分だ。小山先生は女同士だし話しやすいから、そこまでの過程で頼らせてもらいたい。

けれども今日は連絡が取れない。あんなにいつも相談に乗ってくれる人だったのに。学生にどの程度犠牲を払ったらいいのかの線引きができなくて、朝の四時でも着信を入れたら折り返してくれるようなちょろい人なのに。

由歌は溜め息をついて、SNSの通知を確認することにする。逃亡犯についての情報を求めるアカウントを二日前に作った。自分は小学一年と四歳の子供がいる母親で、この近辺に住んでいる、子供の通学路や習い事の行き帰りが心配でならないので、もちろん自分が付き添うのは前提としても、情報が欲しい、という設定だった。大量に来ている通知を開くと、だいたいはぼんやりした情報や暇つぶしみたいな励ましだが、一つだけ有益そうな情報が表示されて、由歌は目を輝かせる。

『私立の小学校に電車で通学している私の息子が電車の中で、盗まれた服や靴（ボーダー、デニム、赤のクロックス）と同じ服装の女が近くにいたと言います。そして電車を降りる時、その女は斜め後ろにぴったりついてきて、今日はいい天気だね、電車で学校に行くのは大変だね、って途切れ途切れに声をかけてきて、改札を通る時に一度だけランドセルにさわって、そのまま改札を出ていくとすぐにいなくなったそうです』

逃亡犯はおそらく、その小学生の母親のふりをして駅での警戒を逃れたのだと由歌は思う。逃亡犯が出た改札のある駅は、最寄りではないが近所ではある。やはり逃亡犯は、親戚と接触しようとしているのかもしれない。

もういちど小山先生の携帯に電話をしてみるけれども、やはり出ない。病気を疑うにしても、大学のサイトには小山先生が休講するという情報は出ていない。だからやっぱり自分を無視しているのだと思う。
一、二年の時に目をかけてもらったのに、三年から指導教員を稲美教授に替えたからふてくされてるのかもしれない、と由歌は眉をひそめる。子供じみてる。なんでそんな人に頼ろうとしてるんだろう私。
由歌はいったん小山先生のことは諦めて、地図アプリでクラスの男子学生が言っていた住所の周辺を表示する。この校舎からは歩いて数分だろう。由歌は携帯をバッグにしまい、ICレコーダーの電池の残量と護身用のスタンガンを確認する。昨日育斗に、逃亡犯と近所で出くわしたら怖いからと言って買ってきてもらった。

由歌は立ち上がって、颯爽《さっそう》とカフェテリアを横切っていった。自分を有名にしてくれる誰かの架空の文面と、小山先生の陰気な顔つきが、頭の中に交互に浮かんでくるようだった。

2. 見張り

お客が商品を袋詰めするスペースにある時計を見上げると、正午を少し過ぎていた。今日は特売品が生鮮食品に偏っているので、どちらかというと出来合いの惣菜が売れるこのスーパーでは、午前中はそれほど忙しくなかった。周辺の住宅地は高齢化していて、みんな包丁を握るのがわずらわしいのだと正美は思う。飛ぶように売れるのはカット野菜で、どれだけ安くても未調理の野菜は、特に皮を剝《む》かなければいけないものは売り切れることはなく、どれだけ遅い時間でも買える。反対に惣菜は、十七時半には八割がたがなくなってしまう。十八時からはニュースを観ながら食事をするという習慣を、周辺の古い住宅地の住民たちは頑《かたく》なに守り続けている。彼らにとっては正午から十三時も決まった食事の時間で、その時間帯のスーパーは三割ほど人が減ってやや閑散とする。

それが良いとも悪いとも思わないけれども、このあたりは時間が止まったようだと正美は思う。変化は何もない。刑務所から逃げた人間が逃げ込んでくるとかでもない限り。

でも本当にそういうことがあってもこの辺の人たちの生活パターンは変わらないな、

と再び時計を見ながら正美は思う。近所に住んでいる人たちはどうか知らないけれども、店で働いている人たちは、パートも正社員も皆、逃亡犯の話をしたがっていた。三十八歳の息子が婚約者としてベトナム人の女性を連れてきたということに関して、ここ二週間毎日のように喜びと不安に揺らぐ思いを正美に話してくる村沢さんすらも、今日は逃亡犯の話から口にした。

正美はレジ担当のパートの中でもそれほど勤務歴が長いということはないけれども、誰もやりたがらないためチーフをしている。なのでシフトのことなど、ほかのパートと話す機会が多く、仕事の話に付随して、彼女たちがその時したい話の聞き手にもなるため、同僚たちの個人的な事情も比較的よく知っている。正美は噂話には積極的でないが、口が堅いので安心していろんな人が話をしてくる。相づちをうつのも、もしかしたらうまい方なのかもしれない、と正美は自分で思う。正社員で働いていた頃の職場で初めての後輩ができてから三十年以上、新入社員や部署の同僚や、時には上司の話を聞いてきたからだろう。正美はほとんど会社を休まなかったし、ずっと仕事をしていた。休日は休んで旅行に行ったりおいしいものを食べたりもしたけれども、基本的には仕事だけをしていた。だから他の人たちが話してくる家庭の話は批評のしようがなかったので、いっさい口を挟まず聞いていたし、自分が主に過ごす職場の愚痴は真摯《しんし》に聞いた。

バックヤードやお客の姿のない売り場で、パートとパートが出くわしたらだいたいは逃亡犯の話をする、という状況で、一人だけ何も喋らない人物がいるのが、正美は気にかかっていた。正美が住んでいる家の並びの突き当たりの家に住んでいる、三橋さんの奥さんの博子さんだった。

今日も博子さんはいちばん忙しいレジに入っている。七つあるレジの左右から四番目の、お菓子売り場の正面にある真ん中のレジが、レジ担当の人々の体感ではいちばん混んでいて、誰もやりたがらないのだが、博子さんはよくそこを引き受けてくれる。朝の出勤時に真ん中のレジに入っていた大場《おおば》さんが、「腕がなんだか痛くて」と憂鬱そうにしていたので、博子さんが自ら「代わりますよ」と声をかけているのを正美は見かけた。博子さんが真ん中のレジに入ることに文句一つ言わないとはいえ、そこまでやるのはおそらく初めてなのではないか。

レジ担当のパートの人々の中では、博子さんはいちばん家が近いけれども、いちばんよく知らない人物でもある。何も問題はないんだろう、と正美は思う。息子が結婚相手として突然外国人を連れてきただとか、娘の夫が仕事を変わってばかりいるとか、そういうことはなさそうに思える。年の割に体が大きく見える息子さんは中学一年で、その半分ぐらいしかない旦那さんはすごく真面目そうな人だ。博子さんも背が小さいので、正美はときどき、たんすの上のお人形さんみたいな夫婦だと思うことがある。

博子さんの家は、部屋数や床面積ではおそらく西側の角の建設会社を経営している長谷川さんの三棟続きの家には負けるかもしれないが、庭も含めた敷地自体は路地でもっとも広いし、家も古くて大きい。元々は博子さんの両親の持ち物で、その人たちに関しても、「いい人だったよ」と正美の母親は言っていた。博子さん自身もいい人だろうと正美は思っている。博子さんのお父さんは亡くなり、お母さんは高齢で施設に入っていると本人から聞いたことがある。家が古くて不便だからだそうだ。

特に何も問題はないんだろう、と推測はしていたが、何度か、夫婦で夜遅くにあわてて出ていくのを見かけたことはある。また、これまで博子さんは一度だけ、どうしても駆けつけないといけない用事ができてしまった、と言ってパートを途中で切り上げて帰ったことがあった。すみません、本当に申し訳ありません、と平謝りしながら帰って行く博子さんの代わりにシフトを延長したのは正美で、次の日に博子さんから、二つ離れた県の名前しか知らない場所のお土産《みやげ》をもらった。崖の名勝で有名なところだった。

突然職場をあとにした博子さんは、いろんな人に心配されて理由を訊かれていたが、ひどくあやまりながらも「どうしても駆けつけないといけない用事」ということで通していた。店長もあやしむところはあったようだけれども、正美の「私が代わりましたしいいんじゃないですか」という言葉ですぐに関心をなくしていた。当時は白菜が本当に高くて頭を悩ませていたのでそれどころではなかったのだった。

またああいうことがあっても、正美は自分が負担を引き受けてもいいと思っていた。博子さんは真面目で好感が持てるし、真ん中のレジに進んで入ってくれる人は貴重だった。

レジ担当の同僚が二人、休憩から戻ってくる。十二時台はお客が減るので、レジ担当は十分ごとに一名か二名ずつ十五分休憩に出ることになっているのだが、博子さんは十二時四十五分になってもまだレジの前に立っているし、正美も休憩を取っていなかったので、正美は自分が休憩を取るためにレジを離れるついでに、博子さんに声をかけることにする。

「あの、休まれませんか？」

通りすがりの正美に声をかけられると、博子さんは小さく肩を跳ねさせて、はっとした顔をする。何か心ここにあらずといった様子だった。

「今はいいんならかまいませんけれども、また二時間立ってるのもなんですし」

これを逃すと次の休憩は十五時台になり、時間も十分に短縮される。いくら博子さんが正美よりずっと若くて、ずっと立っていたい気分でも、あと二時間立ちっぱなしは厳しいだろうと思う。

博子さんは、ああはい出ます、出ます、と少しおたおたした様子で持ち場を離れる。

二人は縦に連なって売り場を移動し、奥の従業員専用ドアからバックヤードに入る。ロッカールームの手前に、長机とパイプ椅子がいくつかと、小さいテレビが設置されている休憩所があるので、正美はテレビからいちばん離れた所にある椅子に座る。部屋には誰もいなかった。

博子さんは、正美から一つ離れた席に座って、長机に置かれたやかんからプラスチックの湯呑みにほうじ茶を注いで正美に渡してくれる。先に休憩に来た誰かが淹《い》れ直したのか、まだ温かかった。ありがとうございます、と伝えると、博子さんは、いいえ、と会釈する。

二人はしばらく何も言わずにお茶を飲む。べつにそのまま十五分を過ごしてもいいのだが、正美はなんとなく、逃げてる人、このスーパーに来たらすごいですよね、と話しかける。

「警備の松山さんが言ってたんだけど、特に警戒するようにって警備のチーフに言われたんですって」

正美がそう言うと、博子さんは顔を上げて、そうなんですか、とうなずいた。興味があるともないとも言えない声音《こわね》だった。

「私あまり知らなくて。携帯に注意喚起の通知とか来たんですけど」

「子供さんがいると心配ですよね」

「そうですね、はい」

博子さんは、なんとか正美の話に乗ろうとしているように肩をそびやかして熱心な仕草でうなずく。間違いなく別のことを考えているのだが、正美に気を遣っているか、その別のことから逃げたがっているようにも思える。

「戸締まりはきちんとしないといけないですね」

そういえば洗濯物干しっぱなしだから、もしかしたら盗《と》られちゃうかも、二階だけど、と正美が続けると、博子さんは乾いた声で笑った。

「ここの制服とか盗られたらまずいですよね。紛れ込まれたりして」

「いやさすがに警備の人たちはわかるでしょう」

正美の軽口に博子さんは、どこか硬い笑みで答える。正美はだんだん申し訳ないような気がしてきて、やっぱりわかりますよね、と無難な同意をして話を結ぶ。

お茶を飲み干して、今度は正美がやかんに手を伸ばすと、今度は博子さんから、あの、と話しかけてくる。

「山崎さんは大学を卒業されてからずっと会社で働いてたんですよね」

「はい。三十年以上」

正確には三十五年だが、変にこだわっていると思われても嫌なので、前の会社での勤務年数を訊かれると正美はそう答えるようにしている。博子さんは、自分でたずねておきながら、少し面食らったような顔つきで、すごく長いですね、と言う。それから少し考えるように顔を逸らして、また話を続ける。

「たとえばですね」

「はい」

「その三十年以上の間を、仕事も勉強もせず遊んでいられて、でもずっと同じ場所にいないといけなかったとしたらどうでしょうか？」

想像もつかなかったことをたずねられて、正美は、ええ？　と首を傾げる。博子さんは口元を引き結んで、じっと正美を見上げている。今気付いたが、ずいぶん顔が青白い。

「私が三十年間ニートとか引きこもりだったらってことですか？」

あけすけな言葉を使ってしまうことを正美は躊躇したけれども、そうとしか言いようがないので訊き返すと、博子さんは、そうです、とうなずく。正美は何か自分が試されているような気がして、どうかな、と迷って時間を稼ぐ。

どういうことだ。この人は引きこもりたいんだろうか？　それとも引きこもりの人が周囲にいるんだろうか？

「私は気が進みませんが、好きな人は好きかもしれませんね」

角の立たない言葉を探して答えると、そうですか、ありがとうございました、と博子さんは深々と頭を下げる。襟ぐりから垣間見えた首筋も、ほとんど緑色に見えるぐらい白く見える。

そうやって十二時台の最後の十五分は過ぎていった。お茶おいしかったですね、と正美の前を歩いていた博子さんは、振り返って言った。正美はうなずきながら、博子さんの口角は上がっているけれども、目はまったく笑っていなかった。同時に正美は、自分が博子さんを心配していることに気が付いた。

＊

午前中にレンタカーを借りに行ったのは早すぎたかもしれない、と望は後悔し始めていた。自分としてはかなり遠くに借りに行ったつもりだったのだが、道路が妙に空いていてスムーズで、早めに地元に戻ってきてしまった。近所のコインパーキングに駐車して、後部座席にピンク色のビニールシートも貼ったけれども、それでも時間が余った。

どこかで時間をつぶそうにも、このあたりは本当に家しかない住宅地で、ファストフード店もコーヒー屋も一軒もなく、検索してみると平日の十七時までしか開いていない自宅を改装したやたらしゃれたカフェが一つだけあったのだが、そんなところに自分が行っても場違いだと望は断念した。早めに現地に到着して路上駐車し、中で携帯で遊びながら待機するというのも考えたのだが、さすがに警官の姿をいつもよりは見かけるので危険だと判断した。この住宅地のつまらなさも、嫌なタイミングで刑務所から逃げ出した逃亡犯も、望はひどく疎ましく思う。消極的に日々をやり過ごすこの町や、一面識もない逃亡犯が、何かを成し遂げようとする望をあざ笑っているようにも思える。

三十六歳なんて体の中が腐敗してる女なんかどうでもいいんだ、女ですらない、生きてる価値すらない、早く捕まって自殺しろ、と望は精一杯の口汚い言葉を頭の中で並べながら、自宅の食卓で今日二本目のエナジードリンクを飲む。今は午後一時半で、ターゲットに話しかける公園に行く予定の二時二十五分までにはあと五十五分ある。家を出る支度に五分かかるとして、コインパーキングまで歩いてそこから運転する時間の合計七分を足しても、動画を一本観れるぐらいの時間はあるけれども、望は何をする気にもなれなかった。わずらわしい手持ち無沙汰が、すべて住宅地や逃亡犯のせいに思えてきて呪わしかった。

俺が何かしたかよ。

していないことはわかっている。でもそう思うことがあまりにも多いので、それにふさわしいようにこれからしでかすのだ。

いつも以上にすさんだ落ち着かない気持ちで、通販物の段ボール箱に囲まれて、食卓の椅子にじっと座っていると、台所の小窓から隣の家で作っている料理の匂いが流れ込んでくる。考えを邪魔されたような気がして、望は反射的に顔を歪《ゆが》めるものの、それは続かずまたエナジードリンクの缶に口を付ける。隣のばあさん、昼間も料理するのか、と望は思う。望が夕方に帰ってくる時分に何か作っていることはよくあるけれども。

数年前から隣に住むようになったのは、貧相な年寄りの夫婦だった。じいさんは脚が悪そうにしているけれども、ばあさんは元気な様子で、さすがに毎日ではないがときどき料理をしているようだ。肉じゃがにしろ、シチューにしろ、何かの煮込みにしろ、やたらいい匂いをさせて作っている。望が職場から早めに帰ってきて、台所の小窓を開けた時は、ときどき隣のばあさんが作っているものの匂いが漂ってくる。帰宅時間にばあさんの料理の時間が重なることに気付いた当初は、ひどいストレスになるだろうと望は身構えたのだが、そうでもなかった。いい匂いのものはただいい匂いで、望はときどきその匂いに促されるように、少し遠いコンビニに行って同じようなものを買ってきて家で食べていた。食事を決めるのは時にめんどうなことなので、隣のばあさんの作るものは悪くないトリガーになった。望は年寄りも嫌いなので、生きているだけで夫婦は疎んじるべき連中だったけれども、年寄りで料理をするという以上に望に何かをはたらきかけたこともなかった。望の生活の中では無害な人々だった。この何もない住宅地全体や、外にいる警官や、望の計画を邪魔する逃亡犯と比べたら。

今は何かの煮込みを作っているようだった。牛すじだろうか。望は好きだけれども、コンビニに買いに行ってあるかどうかはわからない。そもそも、今日これからコンビニに行くこと自体あるのか。

口に入れられないかもしれない料理の存在を間近で示されると、少しつらい気持ちになる。牛すじの煮込みを最後に食ったのはいつだったか。最初に仕事を教えてくれた先輩に連れて行ってもらった店でだったか。三年前だ。おごってもらった。その人はいい人だった。三つ年上で、今は望がその年になっている。あの人あの時二十五歳だったんだ。望が入って一年で、同じぐらい休めてもっといい給料の仕事を見つけてやめた。そこに人員は補充されず、社員の関口が出張ってきて威張り散らしている。あの人がまだいたら、今の最悪な職場も少しは違っていたかもしれない、と望は思う。やめると聞いたときに、こんなに自分が嫌な思いをするとは想像もつかなかった。

望は携帯で店の検索を始めた。ターゲットを家に迎え入れて生活が落ち着いた後、牛すじの煮込みを食べにいこうと思った。それで静かに乾杯する。自分が人知れず世間に悪意を示せたことに、そこからかわいい女の子を一人勝ち取ったことに。

めぼしい店を発見すると、携帯の時計が午後二時を示していることに望は気付いた。

公園への到着は二時二十五分から二時半に変更しようと考える。コインパーキングまではここから徒歩で五分で、そこから公園までは車で二分だ。二時二十三分に、いや二十二分に家を出ようと望は決める。携帯の時計は二時二分に切り替わる。

望は携帯を食卓において深呼吸した。公園で自分の写真を撮ってもらう。お礼だと言ってジュースを渡す。ジュースには睡眠薬が入れてある。車に乗せる。眠りが深くなるまで走り回る。夜になったら自宅周辺に戻る。一度コインパーキングに駐車し、周辺に警官がいないか歩いて見て回る。いなければ連れて帰る。いたらまたしばらく車で流す。何時間かおきにチェックしたらいつかは家に帰れるだろう。帰ったら二階の自分の部屋に連れて行く。外から鍵をかける。窓は本棚でふさいである。「トイレに行きたければドアを五回ノックして」というメモと、鳥類の図鑑と満充電のタブレット端末を枕元に置いておく。自分は一階にいる。今日と明日は眠らない。外に目を光らせている。きっと大騒ぎになるだろうから、自分も一緒になって心配したらいい。

食卓の木目を見つめたまま、望はその流れをおさらいする。関口に怒鳴り散らされながら、ずっと考えていたことだった。そうすると耐えられた。ただ、今家で隣の家の料理の匂いに包まれながら自分の計画をなぞっていると、「何を考えてるんだ」というようにも思えてくる。バカなことだとか、穴だらけだとか、子供をかわいそうだと思わないのかという以上に、ただ「何を考えてるんだ」と思う。

何を考えてるんだ。自分はそんな人間だったのか。そんな側の人間だったのか。

携帯の時計が二時十分を示す。胃が縮まり、肩が凝固するのを感じる。このままでは立ち上がれなくなるような気がしてきたので、望は椅子から降りて無意味に玄関と台所を結ぶ廊下を行き来し始める。十往復したところで時間になっただろうと携帯を見たけれども、一分が過ぎただけだった。

不意に玄関のチャイムが鳴って、望は目を見開く。胃が激しく痛み始める。何か今日到着で通販しただろうか。いや、この数日は何も買っていないはずだ。配送業者でなければ、自分を訪ねてくる人間なんて一人もいない。誰なのか。

チャイムは根気強く鳴り続ける。おおやなぎさーん、という声がする。隣のばあさんの声のような気がする。何の用だ。無視するべきなんだろうが、二十二分まで玄関に居座られたら家を出ることもできない。すばやく用件を聞いて、家に帰す方がいいかもしれない。

望は、軋《きし》むような膝を動かしてドアのところに行き、錠をはずして開けた。やはり隣のばあさんだった。ばあさんは片手に大きめの保存容器を持って、どうもすみません、とにこにこ笑っている。望が呼吸すると、それがさっきまで台所に流れ込んでいた煮込みの匂いだということがわかる。

「何のご用ですか？」

匂いから逃げるように顔を背《そむ》けながら望がたずねると、本当にすみません、とばあさんは頭を下げて続ける。

「すみません、私どもの家の植え込みの件なんですけれども」

「はい」

「あの、逃亡犯が近くに来てるっていうじゃないですか？　それで、このあたりでも見張りをしませんかってことになったみたいで、丸川さんがいろいろ考えてくれてるらしいんですけれども」

「はい」

「とりあえず、うちの家の二階を使って、夜に持ち回りで寝ずの番をしたいっていう。それで、うちの植え込みの木が、二階から突き当たりじゃない方の道路を見張るのにちょっと邪魔なんで、ざっとでいいんで刈ってもらえませんかって言われたんですよ」

「はい」

隣のばあさんとじいさんの家の道路に面した植え込みには、サルスベリの木が植えてあって、確かに二階の窓にまで達している。突き当たりのある路地に面した方の植え込みには椿《つばき》があって、冬の終わりにときどき、見事に花が丸ごと地面に落ちているのを見て、小さく感心することがある。

「うちは夫が脚が悪いですし、私もさすがに上を向いてハサミを使うのはどうしてもつらくて。丸川さんは今日はお休みだけど、植物が苦手で刈るのは手伝えないらしくて、息子さんは学校に行っていらっしゃるとのことで」

「はい」

「それでですね」ばあさんは、その続きを言う一瞬前に、望に献上するような仕草で保存容器を持ち上げる。煮込みのよい匂いが、望の頭全体を包み込むように立ち上がる。「大柳さんに手伝っていただけたら本当にありがたいと思いまして」

望は無言で、保存容器の青いフタを見下ろす。知らない間に唾を飲み下している。

「お礼はします。三千円ですが、引き受けていただけますでしょうか？」

「これは？」

話の途中までは何を言ってるんだという所感だったのだが、望は差し出されたまま行方が明かされない保存容器が気にかかって、思わずたずねてしまう。

「これですか？」

「はい」

「よろしければ晩ごはんにと思って。もしやっていただけるんなら作ったり買いに行く時間もないんではと思いまして」

ばあさんは事も無げに言う。望は時間が気になる。もう二十二分を過ぎているかもしれない。携帯を持って出てきたら良かった。

今日でなくてもいい、と望の中の根性のない部分がささやく。女の子をさらうのはまた来週でもいい。このばあさんに力を貸しておけば、自分が計画の中で何かやらかしたときに有利なことを言ってくれるかもしれない。

すると、何をもっともらしいことを言ってるんだ、と望の別の部分が反論する。主に関口に怒鳴りつけられて踏みつけられてきた自分が。今日だと決めたんだ。決意した日を逃したらもうやらなくなってしまう。こんなことで諦めていいのか？　三十六歳の逃亡犯のババアや隣の家の図々しいババアのせいで。

「いつ刈ったらいいんですか？」

今すぐ、と言われたら断ろうと思った。自分にはやることがある。

「私はこれから高枝切りバサミを探さないといけないんで、夕方ですかね」何しろこれを作ってたもんで、とばあさんは保存容器を掲げていた腕を少し下ろす。慎重な手つきに、中身の重さが想像される。「今日申し訳程度にちょっと刈っていただいて、明日続きっていうことでもいいと思います。〈刈ってます〉って丸川さんに言えればいいんで」

「わかりました」

望はうなずく。おまえを軽蔑するよ、と関口に虐《しいた》げられた自分が、粘るような口調で呟くのが聞こえるような気がする。

「じゃあ、ハサミを探して持ってきます」

「何時ですか？」

早く来られたら困るかもしれない、という頭だけは働いたのでそうたずねると、四時ぐらいまでには、とばあさんは言いながら、保存容器を望に渡してくる。やはり重かった。そしてばあさんはカーディガンのポケットから茶封筒を出して、保存容器の上にのせる。

「それではそういう心づもりでお願いします」

ばあさんは丁重に頭を下げて、隣の家に戻っていった。望は茶封筒と保存容器を持って家に入り、食卓の上にそっと置く。時間を確認すると、十四時二十五分を過ぎていた。

望は自分が強烈に落胆するのを感じる。料理の匂いだとか、ばあさんの丁寧さだとか、そんなものに水を差される自分がいやになる。バカ、くそが、と望の虐《しいた》げられた部分が言う。公園までは徒歩で五分なので、とりあえず最終確認がてらにと自分に言い聞かせながら歩きで出かけることにする。

小学校の低学年の帰宅時刻だったので、寂しい住宅地の道は子供の声で賑《にぎ》やかだった。望は、懐かしいような気持ちの傍《かたわ》ら、男の子供たちの野蛮な笑い声や金切り声にかすかに胸の詰まるものを覚えつつ、彼らとすれ違う。同学年の活発な男たちがずっと苦手だった。動物の示威行為のようだと思う。自分たちの大声や不機嫌さで空間を支配することに味を占めた男たちは、一生それをやって生きていく。

公園の出入り口でしばらく女の子を待ってみたが、来なかった。やってくるのはうるさくて意地が悪そうでエネルギーを持て余している動物みたいな低学年の男ばかりで、望は、ここで車に乗せるにしろ、目撃者に考慮する必要がある、と思う。車を停車する場所を、もっと小学生が通らない側の道に変えた方がいいかもしれない。

途切れない下校する子供たちの通行に怖《お》じ気付《け》いて、望は公園の中に入り、池を見に行った。首から上が緑色のマガモはちゃんといて、世界のすべてに無関心な様子で緑色の水面を滑っていた。

＊

うちから塾に通わせることに関しては、自分の家の亮太は娘ではなく息子でよかった、と明《あきら》は思う。夜、職場から帰宅する時に、いつも通る老夫婦の笠原さんの家の側からではなく、たまたまその向かいの大家族の長谷川家の側から路地に入った時に、カギ状に三棟続きの大きな長谷川家の窓のカーテンや雨戸が全部閉まっている上、門灯も玄関灯も点いていないことに驚いたことがある。とにかく自分たちがコストをかけて発生させるエネルギーは一切家の外に分けたくない、という頑なな意志を感じる。亮太は友人の野嶋君と、塾の帰りによく長谷川家の裏手の近くにある自動販売機のところでしゃべっているそうで、野嶋君は話しながらよく長谷川家から流れてくるＷｉ－Ｆｉの電波をつかまえてゲームをしていたのだが、ある時以来それがロックされて使えなくなったという。長谷川家の窓のカーテンや雨戸が閉め切られていて門灯が点いていないのは、ずっと前からだとのことだった。

おまえたちが軒下《のきした》でしゃべったりしたから、あの家電気つけないんじゃないか？と明が言うと、亮太は、違うよ、自販機はあの家からは道路を隔てた所にあるから軒下関係ないって、と面倒くさそうに反論した。何事も早めに確認しないと気が済まない明は、塾帰りの息子と家で話したその足で、息子とその友達がしゃべっているという近くの自動販売機を見に行ったのだが、その明るさが途切れる長谷川家と長谷川家が経営している会社の倉庫が対面している部分の道路だけ、電灯のないトンネルに入ったようにふと真っ暗になるのが異様な感じだった。あまりに暗いので、明は頭の中でその場所のことを「長谷川家の暗闇」と名付けるようになった。

明は壮年の男であるものの、あまり夜道は好きでないため、自分の息子がここを通って帰ってきているのだと思うと、少しつらいものを感じた。しゃべってないで塾が終わったらまっすぐ帰って来いよ、と一応亮太には言ったものの、ああ、という生返事があっただけだった。

だからそういう家なのだ、電灯の明かりさえ漏らしたくない家が、人を出してくれるわけがない、と明は自宅のある路地の出入り口に立って、次はどこの家を訪ねようかと思案する。今のところ、数日間夜警をするという計画を話したのは、大学の先生夫婦の夫である相原さんと、一人暮らしの若者の大柳さん、そして二階を貸してくれる路地の角の家の笠原さんで、長谷川さん以外のそのほかの家は、まだどこも仕事などで留守のようだった。

長谷川家は、四人の子供の母親である明と同年代の娘さんが出てきたのだが、何を言っても、「母に訊いてみます」「母に訊いてみます」「母が許してくれるんならそうします」と答えて一切何も決めさせてくれなかった。いや、明も会社員なので、何のアナウンスもなく突然話を持って行って、それだけで何もかも二つ返事で決まることはめったにないということは知っているのだが、それにしてもあの娘さんには意思決定の権限はまったくないのか、自分と同い年ぐらいなのに、と疑問に思う。いちばん上の子供は大学生だろう。

娘さんは唯一、話し始めの「逃亡犯が来てるって話じゃないですか？」という部分にだけは、一瞬目を輝かせて、お詳しいんですか？　と訊き返してきたので、明も協力に期待してしまったのだった。

「一番下の息子がね、すごく興味があるみたいで。つかまえるってはしゃいじゃって」

危ないからそんなこと言わないでって注意するんですけど、活発な子だから、と長谷川家の娘さんはどこかのろけるように言った。

「そうなんですか。うちの中学生の息子はそれほどは興味がないみたいなんですが、年齢ですかね」

「おとなしい子なんですねえ」

娘さんは、明らかに「活発」と「おとなしい」の間に序列をつけるような後を引く口調で言った。亮太はべつに活発じゃないけどいい子だ、と明は正したくなるのだが、話とは関係のないことなので我慢した。

結局、明が防災アプリの通知でやってくる程度の情報しか知らないことを知ると、長谷川さんの娘さんは急速に興味をなくしたように、すべてを「母に」「母に」と言う人間に変化した。

玄関での立ち話の半分ぐらいのところで、背後に誰かの気配を感じたので、軽く振り向くと、次女で三番目の子供と思われる、亮太と同じ中学の制服の女の子が立っていた。明が気付いて、どうぞ入ってください、と手招きすると、彼女は一礼して家の中に入り、娘さんのすぐ後ろのドアを開けて入っていった。

その後も明は、じゃあ十八時頃ならお母様にお問い合わせが済んでおられますでしょうか？　と娘さんにたずねたりしてみたものの、「わかりません」「母の気が向いたら」と答えるだけで、結局何も話は進まなかった。

長谷川家を出ると、突き当たりの家の三橋さんの奥さんがパートから帰ってきた様子だったので、少しいいですか？　と話しかけると、はい、と怪訝そうな顔つきでうなずいた。逃亡犯のことで、と切り出すと、何も知らないんですよ、と三橋さんの奥さんは軽く斜め横を向いて、また明の方を見た。本当はそのままそっぽを向いていたかったが、失礼なので渋々顔の位置を戻したという様子だった。

路地の出入り口の笠原さんの家の二階を借りて、数日の間夜に見張りをしたいと思っている、つきましては二十三時から三時間交代で……、と説明しようとすると、三橋さんの奥さんは落ち着かない様子で家の方を軽く振り返った後、「うちに関してはそちらで決めてくださって結構です」と言った。

「もちろん、子供がいますし夫婦二人同時には出られませんけれども」

「了解です」

「小さいわけじゃないんですけど、心配で」

「それはそうですよね」

三橋さんの所の男の子は、小学六年だったか中学一年だっただろうか。あまりよくは知らないが、体格のいい子だ。顔つきは福助《ふくすけ》さんみたいだと思う。明の会社の会議室に鎮座している福助さん。路地ですれ違うときに挨拶をすると、声では返してくれないが会釈はしてくれる。

じゃあお願いします、と三橋さんの奥さんは頭を下げて、数寄屋門《すきやもん》の引き戸を開けて足早に家の敷地に戻っていく。突き当たりの大きな古い一軒家だが、庭にある離れだか倉庫だかを数年前に改修していた。音が鳴りますがすみません、と旦那さんが洗剤を持って挨拶に来たので覚えている。先ほど、開いた門から少しだけ、件《くだん》の離れか倉庫が見えたのだが、古い大きな家に向かい合うように、妙にぴかぴかした平屋が建っているのがアンバランスで不思議だった。

勝手に決めていいと言うんならそうさせてもらいますよ、と思いながら、路地の突き当たりの三橋家から踵《きびす》を返すと、今度は家の真向かいの矢島さんの家の奥さんが家に入ろうとしているのが見えた。あまりしゃべらない、近所に住んでいる程度の人間に対してわざわざ話すことを捻《ひね》り出す労力などないという様子の、どちらかというと陰気なイメージのある人だが、ときどき家族に大声をあげているのを耳にする。大学の先生夫婦である相原さんの奥さんに、ひどくかんしゃくを起こしていたこともあるらしい。亮太が言っていた。亮太は下校してから塾に行く前に三十分ほど眠るのだが、あんな声出されたら寝れない、と少し怒っていた。

そのことはまあいい。亮太とこの人の問題だ。今は見張りの話をしないと。

すみません、矢島さん、と声をかけると、矢島さんの奥さんは、一度は無視して家に入ろうとしたのだが、申し訳ないですが！　と明が少し大きな声を出すと、うさんくさいものを見る目つきで明に向き直った。

「ご存じかと思いますが、先日刑務所を脱走した逃亡犯が、このあたりに来ているという話で」よくあるやりとりなら、相手はだいたいここで「はあ」と言うか、うなずくかというところでも、矢島さんの奥さんは微動だにしない。目つきは鈍い。「そのことで、この路地の方々で協力して、数日夜中に見張りを立てることを計画しておりまして」

「ああ、ああ、行きます」

矢島さんの奥さんは、ここで盛大にうなずいて、ただただ話を早く切り上げたそうに家の戸にカギを突っ込んだかと思うと、すごい早さで中に引っ込んでしまった。スケジュールを決めたらお知らせします！　と引き戸越しに言うと、はーい！　というくぐもった声が返ってきた。生返事だということが明はわかったけれども、否定されない限りはものの数に入れると決める。

矢島さんの奥さんが家の中に引っ込んでしまうと、再び路地にいる人間は明一人になる。とりあえず見張りを立てるのは各時間帯に三人として、男性が二人女性が一人とかだとやりにくいかもしれないから、女性が入る場合は必ず二人入れよう、と考えながら、明は家の郵便受けをチェックする。夕刊と携帯の料金を知らせるハガキと、亮太の模試の結果が来ていたので取り出していると、ガチャンというどこか乱暴な音が聞こえたので振り向くと、真向かいの矢島さんの奥さんが家から出かけていくのが見えた。帰ってきた時よりはラフな格好だが、化粧を直している上に海外ブランドのような形のバッグを一つだけ小脇に抱えていて、買い物に行くという様子でもない。

「え、どちらへ？」

矢島さんの奥さんは、明の問いには答えずどんどん歩いていってすぐに道を曲がってしまう。明の質問を無視するのは当然かもしれないが、一応さっき見張りに協力してもらうということに関する同意は取り付けたと思ったのに、今出ていかれると決まったことが伝えられなくなる。

もう自分が連休の終わりまで寝ずの番をするか、亮太にも協力してもらった方がいいのか、と立ち尽くして路地の出入り口を見つめていると、今度は長谷川家から、娘さんと話している時に帰ってきた中学生のお孫さんが出てきて、こちらに向かって歩いてくる。服は私服に着替えている。

「あの、いいですか？」

「見張りをするんですよね？」

「はい」

「そうですね。夜中に三交代できる程度に人数が集まれば」

「うち、たぶん誰も出さないと思うんですけど、私が行っていいですか？」

突然の申し出に、明は目を丸くする。いいですけれども、と言いかけて、相手が中学生であることを思い出し、明は、いや、と口の中で言う。

「考えさせてください」

そう言うと、お孫さんは見るからに落胆した顔をするので、保留です、保留、と明は言葉を重ねる。

「お祖母さんの許可はもらったんですか？」

「もらいましたよ」

嘘をつく気満々、という速さで、お孫さんは言い返す。彼女を加えたら間違いなくややこしいことになりそうなのだが、意欲はこれまで話した人たちと比べて明らかにありそうだと思う。

「わかりました。早朝の組などに入れて考慮します」

明は、意欲のある人間はどんな立場であっても好きなので、そう答える。了解です、とお孫さんは妙に鋭い目つきをしてうなずいた。

家の中に戻り、テレビをつける。逃亡犯のことをやっているのではないかと期待したけれども、百貨店の催事場で北海道フェアをやっているという話で、明は少しがっかりする。コーヒーをペーパードリップで淹れて、テレビの前に戻り、食べに行けそうにないイクラ丼を眺めながら、そろそろ亮太が戻る時間か、と明は思う。明は妻が出ていってからときどき金曜日に有休を取るようになった。金曜の夕方に妻に連絡を取るためだった。妻も正社員で働いているので、たぶん土日に帰ってこいと催促されるのはいやだろうと思ったからだった。休みを控えて、気が緩んでいる金曜に伝えれば、土曜か日曜のどちらかに帰ってくるのではないかという淡い期待もあった。

妻はこの一か月電話には出ない。明も、最初は十回コールし、次第に八回、五回、三回と減らしていった。出ていった最初の頃は、帰ってきてもらう計画を立てるのに意欲を燃やしていたけれども、今はときどき、もう妻は帰ってこないということを受け入れなければ、と思うこともある。

亮太はもう大きいし、亮太のためにというのも通用しないものを感じる。ということは俺のためになんだろうなあ、と明は思うけれども、それを言ったら妻はさらに遠ざかっていくような気がした。

＊

その家から漏れる明かりはごくわずかだけれど、たまに大声が聞こえてくることがある。言い争う声だったり、一方的に誰かを非難する声だったり、男の子が泣き喚《わめ》いて何かを訴える声だったりする。亮太とノジマがその家の中から漏れる声に耳を傾けるきっかけになったのは、もしかしたら子供が虐待されているからかもしれないと考えて聞き耳を立てたことからだ。しかしそれは見当違いだった。男の子が泣いているのは、ゲームにあとどれだけ課金させて欲しいとか、風呂に入りたいのに姉が使っていたとか、明日学校に持って行く教科書が見つからないのはきょうだいの誰かに隠されたからだとか、ピアノを弾きたいのに弾かせてもらえないといった内容についてだった。

亮太とノジマはとりあえずよく泣く子のいる家なんだ、ということで了解したのだが、それからは妙に鮮明に家の中の声が耳に入ってくるようになった。べつに二人とも盗み聞きが趣味というわけではなく、ただ塾の帰りに、その家の裏手が面している道路に設置してある自動販売機の近くで話したいだけだったのだが、なぜかその家の内情の断片が耳に入ってくるようになった。ときどき、聞こえてくる内容についてコメントし合うこともある。ゲームの課金の話では、ゲーム好きなノジマが、おれもそのぐらい金かけたいよ、この子小二とか小三だろ、とぼやいていた。ノジマとずっとしゃべっているゲームには三か月前に九八〇円払ったという。亮太は、ノジマとずっとしゃべっていても飽きないし、人間的にも好きだが、ゲームに対して頑張るという気持ちはわからない。ゲームをよくやる人はたぶん、日常の中にほどよい難易度のタスクを求めているんだというのが亮太の持論で、それなら自分は勉強で充分だと思う。

その日は、だから最後の一時間行かせてあげるだけでもだめなの？　と女の人の声が聞こえてきた。この女の人は今日この台詞《せりふ》を、亮太に聞こえただけでも十五回は言っている。十五回言って聞き入れられなかったことはたぶんだめだろうと亮太は思う。自分なら諦める。でも女の人はめげない。ほとんど同じ調子で「最後の一時間だけ行かせてあげたい」を主張する。

「何の話？　これ」

「たぶんだけど、うちの親父が、逃亡犯がこの周辺に来るかもしれないっていう件で、夜に見張りを立てることを計画してるんだけど、それにこの女の人は自分の息子を行かせたいらしい」

「え？　あの泣いて課金してほしがってた子？」亮太の言葉に、ノジマは心底意外だという顔つきで驚く。「いいだろあんだけ課金させてもらってんだから、見張りなんか行かなくても」

「ゲームと見張りに参加したいことは別なんだろ」

「なんでそんなに何でもかんでも思い通りになると思ってんだろ？」

「小学生とかだとそういう考え方になるんじゃねえの」

知らねえけど、と亮太は付け足す。自分もそういう気持ちだったことはあるかもしれないけれども、もう思い出せない。また、最後の一時間行かせてあげるだけでもだめなの？という声が聞こえる。これで十六回目だ。訴えている相手の声は聞こえないが、頑として許容しない人のようだ。そんなに子供を見張りに行かせたければ勝手に行かせればいいのに、と亮太は思うのだが、その女の人はどうしても相手の許可が必要だと思い込んでいるようだ。

「あのさあ、この家金持ちなの？」

唐突にノジマが訊いてくるので、亮太は、家自体はでかいからそうなんだろ、知らねえけど、と答える。

「道路挟んだこっち側の倉庫もこの家のもんだし」

「なんでわかるの？」

「この家は長谷川っていうし、長谷川建設って書いてあるんだよあのテントに。電気ぜんぜん点けないから見えないけど」

亮太が倉庫のシャッターの前に張り出しているテントを指さすと、ああ、とノジマは興味があるのかどうでもいいのかわからない様子でうなずく。女の人がさらに何か話している声に抗議するように、今度はピアノの音が聞こえてくる。曲の名前はよくわからなくて、おそらく練習曲の速弾きだと思う。ずっとフォルテというか、フォルティシモで弾いている。弾いている人は怒っているようだ。

「変な家」

ノジマの言葉に、亮太はうなずく。うちの親も他人のことは言ってられないが、それはおいといてこの家は変な家だ。どこの家も大なり小なり変なのは頭でわかっていても。妙な話だけれども、亮太は、母親が家を出て、父親が今以上に母親に家に帰ってきてもらう計画に没頭していた頃は、それまでや今よりも熱心にこの家から漏れてくる声を聞いていた。どの家も変だということを強く自覚したかったのかもしれない。

今ずっと「最後の一時間だけ」を訴えている女性が話に参加していることは珍しくて、どちらかというと、男の子が不平不満を叫び回る声や、この女性の姉と思われる人が、こちらに聞こえない音量でしゃべる誰かに一方的に激怒しているのをよく聞く。それらにピアノを弾く人が関わっているのかはよくわからない。けれどもおそらく、母親が突然家を出ていった自分と同じか、それ以上のストレスを抱えているであろうことは、亮太にも容易に想像できた。亮太が推測しているところでは、ピアノを弾いているのは自分たちと同じ中学に通う三番目の女の子だった。

ノジマはそれほど細かいことは把握しておらず、亮太が「さっき中で女の人が〈そうやってずっと私たちを操ってきたけど〉って言ってたけど、日常で操られることってある？」などとたずねると、「え？　そんなこと言ってた？」と訊き返してきたりする。その声の主は、この家の関係者でもいちばんよく怒鳴っている女性だけれども、この家には住んでおらず、時たま帰ってきて誰かに怒りをぶつけているようだった。「二週間ぶりに帰ってきたら」だとか「次に帰る時は」などと口にするので。

不思議なのは、怒りをぶつけられている相手のほうだった。ほとんど声は聞こえてこないが、何か言っているのは確かで、怒っている相手をより怒らせるような返答をすることもあるようだ。小さく冷静な「外に聞こえる」という声と、「外に聞こえるように言ってんのよ！」という叫びのやりとりが印象的だった。光や電波は頑なに外の人間には漏らさないのに、声だけは聞こえてくるという状況は、亮太には興味深かった。

「見張りってさ、どこで何すんの？　近所の人が道路に立って路地に入ってくる人を規制するわけ？」

「そういうんじゃなくて、この家の反対側の角に笠原さんていうおじいさんとおばあさんが住んでる家があるんだけど、そこの二階を借りて、夜中から明け方にかけて何人かで道を通る人を見張るらしいよ」

そういえば、学校から帰ってきた時に、笠原さんの隣の大柳さんが、高枝切りバサミで笠原さんの家の植え込みを切っているのを見かけた。これもしかして父親の計画に関係してるのかな、と思うと、亮太は申し訳なくて仕方がなかったのだが、どう声をかけたらいいのかもわからなかったので（「うちの親の計画に巻き込んですみません？」）、亮太は黙ってその場を後にした。

大柳さんがどういう人かは知らないけれども、二十五歳ぐらいで、いいクロスバイクに乗っている。亮太が持っているのは、量販店が契約しているメーカーのもので、それはそれで満足しているけれども、大柳さんが乗っているのは、専門店でしか見かけず、亮太がいつか欲しいと思っているイタリアのメーカーの自転車だった。

「見張り、なんかおもしろそうだよな。この家の子供が行きたがるのもわかる気がする」

「はあ？　どこが？」

声が聞こえてくる暗い家の軒先から、道路を渡って自動販売機の前に移動しながらノジマが呟いた言葉に、亮太は首を傾げる。ノジマは深く考えずにいろんなことを前向きに受け取るけれども、これはちょっと訊き返さずにはいられない。

「よくわかんないけど、誰か来ても一瞬なんだし、それまで一緒に見張ってる人とゲームとかしてたらいいし」

「ゲームしてくれない人かもしれないだろ？」

「それでもいろいろ話したらいいし」

「話してめんどくさい人だったらどうするんだよ」

「それは運が悪かったな」

そんなにあっさり諦められると、亮太には返す言葉もない。

「おれが駆り出されるかもしれないから、その時はおまえ代わってくれよ」

「いいよ」

亮太が危惧《きぐ》していることについて、ノジマは即答する。こいつの場合、べつにいいかげんに返事しているとかじゃなくて、呼び出したらちゃんと来るんだろうと思う。

「なんかさ、うまく言えないけどさ、逃亡犯が来るかもしれないっていうんではりきってる人たまにいるよな」

「まあな」

自分の父親も、そういうなんだか恥ずかしい人のうちの一人なんだろうと亮太は思う。

「塾行くときにさ、女の人に声かけられたんだよ。わりと若い。大学生ぐらいの」

「なんて？」

「お父さんやお母さんが、逃亡犯の警戒について何か話していたら教えてほしいって」

ノジマはリュックのポケットから小さなカードを出して亮太に見せてくる。それは名刺で、隅にはアメの小袋がホチキスでくっつけられている。袋は空だった。このアメうまかった、とノジマは言う。

「それでおまえはなんて?」

「お父さんやお母さんはいません、って言うと、じゃあ周りの人が、ってちょっといらっとした感じで言い直した」

「はは。それはむかつくわ」

「おばさんになんか訊いたって〈こういうことはやめてほしい〉としか言わないしな」

「そりゃそうだろう」

ノジマと一緒に暮らしているおばさんという人と、亮太は何度か会ったことがある。家に行くと出てくる。恵一をよろしくね、と言われる。まじめそうな小柄な女性で、郵便局で働いているとのことだった。

「なんか知ってたって話してはくれないだろう」

ノジマが付け加えた言葉に、亮太は少しだけ違和感を覚えたのだが、そうか、と返すにとどめた。

「それよりもさ、おれはどうもヒロピーがこのへんに住んでるんじゃないかって考えてるんだけども」

「おまえのゲーム仲間な」

あと一人はウインナーだ。高知の人だ。ノジマがよく話すので亮太は覚えた。ノジマ自身は野嶋ギョリ夫と名乗っている。ノジマが愛用しているユニットが「ギョリー」と鳴くからだ。

しょっちゅうその三人でつるんでネットの対戦で勝っているという話を聞くと、ちょっとうらやましいだとか疎外されてる感覚を感じないでもないのだが、口にするのは幼稚だと亮太は考えていたし、ノジマのゲームの話はときどきかなりおもしろかった。

「トリオでフェスの大会に出たいんだよなあ……」

「昼休みに言ってたやつな」

全国六都市でやるというイベントだ。今日発表されたらしく、ノジマは一日ずっと行きたがっている。

「ヒロピー、この近所なら見張りに来たりしてな」

「おれらよりは年下なんだろ？　じゃあたぶん来ないよ」

「えーでもここの家の子供だって来たがってるんだからわからないよ」

「この家の子供がヒロピーだったりして」

「あーそれは困るわ」

でも小二とか小三って感じではないんだよなー、わりと頭いいし、とノジマは付け加える。

いつのまにか、光を漏らさない家の嘆願はやんでいて、ピアノの音楽は少し穏やかな曲調のものに変わっていた。携帯の時計を見ると、そろそろ解散という時間だったので、じゃあまたな、と亮太が切り出すと、またなー、とノジマは返した。

「見張り、親父に頼まれたらほんとに代わってくれよ」

「いいよー」

そう言いながら手を振るノジマに見送られて、亮太は自宅のある路地へと入っていった。長谷川家の向かいの、老夫婦が住んでいる笠原家の二階に、煌々《こうこう》と電気が灯っているのが見えた。あたりが暗いので、どのぐらい植え込みの木が刈られているのかはよくわからなかったが、笠原さんの家の二階の電灯の明かりをいつもより明るく感じるので、たぶんけっこう刈り込んだんだろうと亮太は思う。

路地の突き当たりでは、三橋さんの家の門の向こうから光が漏れてきていた。小柄な三橋さん夫婦は、普通にいい人たちのはずだと亮太は思っているけれども、ここ最近はどうも、やたら庭に出て何かやっているように思える。少し前、やはり塾の帰りに、自分の身長ぐらいの太く巻いた緩衝材のようなものを両手で抱えながら、旦那さんが門の中に入っていくのを見たことがある。よその家のことだからそりゃそういうこともあるだろう、と亮太は思うようにしていたのだが、なぜわざわざ亮太が塾から帰るような遅い時刻にそういうことをするのかわからないし、単純に何に使うんだろうと思う。あの家の大きな子が、あの上で寝るのかもしれない。

でも考えていても仕方ない、と首を横に振りながら、亮太は自分の家のドアに鍵を差し込む。玄関の廊下は、いつもまぶしいぐらい明々と照らされている。父親が、亮太が帰る時刻になると電気を点けてくれているのだ。ただいま、と亮太は父親に聞こえないように小声で言いながらスニーカーを脱いだ。

*

二十時頃に帰宅すると、妻の博子から、二つ隣の丸川さんが、逃亡犯の夜通しの見張りをするから協力してくれって言ってきたんだけど、と言われた。丸川さんは、二十三時から旦那さんでお願いします、と頼んできたそうで、断る理由もないしと一応承諾したのだが、いやなら私が行くけど、と博子は言った。

「いや、自分が行くよ。何か考えがあるんだろう」

「安請け合いしたかもしれないけど、ごめんね」

その後朗喜は、博子と博喜と一緒に晩の食事をした。あまり会話はなかったが、博喜はテレビで放送していた動物番組のコアラの生態を熱心に観ていた。

「動物園にコアラを見に行きたい？」

「それはどっちでもいい」

博喜はその日も朗喜の二倍の量を食べた。この二年ほどはずっとそんな様子なのに、太ったという感じがあまりしないのは、背も伸びているからだろう。

「勉強はうまくいってる？」

「うん。方程式をやってるよ」

そうか、と朗喜がうなずいて博子の方を見ると、博子もうなずいた。今のところは博子と朗喜が交代で勉強を見ている。二人とも悪くない大学を出ているからそうやっているのだが、そのうち追いつかなくなるのではという危惧はずっとある。

食後は二十一時半まで親子三人でテレビを観て、博喜は二階に上がっていった。博子と朗喜は引き続きくつろいで、その後朗喜は、路地の出入り口にある笠原さんの家へと向かった。

一緒に見張りをするのが誰かたずねるのを忘れた、とドアホンを押しながら朗喜は思い出したのだが、誰が来てもそつなくやるしかないだろう、と思い直して、出迎えた笠原夫妻に、こんばんは、丸川さんに言われて来たんですが、とあいさつをする。丸川さんはもう上にいらっしゃいますよ、とのことで、靴を脱いでいると、背後から、あ、もう来てるね！ という声がした。一つ隣の松山さんだった。つっかけでやってきた松山さんは、朗喜より早く履き物を脱いで、まあ楽しくやりましょうよ、と声をかけながら、勝手知ったる様子で二階へと上がっていく。

通された部屋にはすでに丸川さんがいて、それに松山さんと朗喜が加わり、笠原さんの隣に住む大柳さんもすぐにやってきた。松山さんと丸川さんだけなら気楽なのだが、大柳さんのことは得体が知れないので、ちょっと困ったな、と朗喜は思う。きれいに片付いている六畳ほどのたたみの部屋には、たんすと本棚がいくつかあり、部屋の真ん中には丸い座卓が置いてある。廊下の方から、笠原夫妻がよいしょ、よいしょと言いながら何かを押してくる気配がする。テレビだった。朗喜は、テレビが見張りに必要なものとは判断しかねたが、夫妻が大変そうなのでそれを手伝って部屋に運び込む。それを見た松山さんは、うわーありがとう、と言いながら、テレビの両脇をつかんで部屋に一気に引き入れる。とても力が強い。

「アンテナの穴どこ？」

「そこそこ」

松山さんと笠原夫妻は、気安い様子で言葉を交わす。朗喜は知らなかったが、仲が良いようだ。丸川さんは、あの、テレビはちょっと……、と困ったような顔をする。

「いいじゃん。べつに四人全員でずっと窓の外を覗いてるわけじゃないんでしょ？」松山さんが言うと、まあそれはそうですけども、と丸川さんは軽く肩をすくめ、気を取り直して説明を始める。

「みなさんには、交替でこの窓とこの窓から道を見張っていただきます」丸川さんは部屋の角に立ち、部屋の北側と西側の窓を腕で指し示す。「お願いした時にお伝えしましたように、二時までですが、大丈夫ですか？」

いいよ、と松山さんが言い、大柳さんは無言でうなずく。朗喜も、大丈夫です、と答える。二時なら博喜はぐっすり眠っているだろう。いつものように顔を見に行こうと思う。

二人分のゆっくりと階段を上がってくる音がして、笠原夫妻が今度は缶ビールと料理を持ってくる。丸川さんが、いや、アルコールはちょっと、集中しないといけませんし、と言うと、ノンアルコールのですよ、と笠原さんの旦那さんは部屋にいる人たちに缶を渡し始める。その間、笠原さんの奥さんは、お盆の上から大皿の料理を座卓に置いている。揚げそばだった。

「すみません、ほんとに、ほんとにおかまいなく」

丸川さんは戸惑いっぱなしだったが、松山さんは、やった、とさっそく配られた小皿の上に自分の分を取り分けている。

「いいんです。すごく簡単だし」

「簡単とかそういうんじゃなくてですね……」

大柳さんまでもが皿をつつき始めるのを、丸川さんは困ったように眺めながら、いや、すみません、と諦めたように言う。じゃあごゆっくり、がんばってください、と退出する笠原さん夫妻の声を聞きながら、朗喜は、路地の側の窓際に寄って見下ろしてみる。見たことのない角度から覗くと、近所の見慣れた夜更けの路地のようでいながらそうでもないように思える。

「これ食い終わったら交替するからね」

松山さんはそう言いながら、うまそうに揚げそばを口に運ぶ。

「めっちゃ久し振りに食べました。十五年ぶりぐらい」

大柳さんがぼそぼそと言うと、笠原さんの奥さん、これ好きだからよく出してくれるよ、と松山さんは答える。

「俺も作れる。すごく簡単だよ」

野菜と肉を切って炒めてさ、と松山さんが説明を始めるのを、大柳さんは少し面食らった表情で、けれどもじっと聞いている。そんなに簡単なんですか、という声が聞こえる。

松山さんは宣言したとおり、自分の小皿を空けるとすぐに朗喜と交替した。そして、前の家は真っ暗だねえ、とすぐに何の他意もない様子で感想を言う。

「長谷川さんは見張りに非協力的なんですよ」

大柳さんと交替して、揚げそばを小皿に取り分けていた丸川さんは、そう言って顔をしかめる。朗喜も、ノンアルコールビールの缶を開けながら少し食べたが、博子のレパートリーにはないもので珍しかったし、おいしいと感じた。

「えーそうなんだ。なんか事情があるんじゃないの？」

「そうでしょうか？」

「よくわかんないけど。旦那さん、ええと、子供さんたちのおじいさんね、入院してるって聞いたよ」

警備員の仕事やってる同僚の知り合いの知り合いらしいんだけど、と松山さんは付け加える。丸川さんは、それとこれとは関係ないような気もしますが、と反論しつつ、しかしそれほど強くは思っていないと保険をかけるように肩をすくめる。

妻の実家に引っ越してくる形で今の家に来た朗喜は、笠原家の向かいの家である長谷川家のことはほとんど知らないけれども、妻の博子が「このへんではお金持ちよ」と言っていたことは覚えている。それ以上の評価は何もないという様子なのが逆に印象的だった。朗喜は、自分なら両隣の家を買ってくっつけて広くするぐらいなら別の新築を買うけどな、と思っていた。松山さんの「真っ暗な家」という指摘は、朗喜も職場からの帰りに近くを通るたびに実感していた。博子に、あの家は昔から、夜は雨戸かカーテンで光を漏らさないようにして、ずっと門灯も玄関灯も点けないのか？とたずねると、そうね、たぶんそうだったと思う、と答えていた。朗喜は、あんなに家の周りにプランターを山のように置いて花を咲かせてるのと釣り合ってないな、と密かに思っていた。

朗喜が一皿目の揚げそばを食べ終わると、また窓際の見張りを交替した。やはり自宅の部屋に他人が何人も詰めていることが気になるのか、何か足りないものはありませんか？と再び笠原夫妻が部屋にやってきた。松山さんは、特に意見をとりまとめたわけでもないのに、ないね、と言い切り、あ、そうだ、七並べしようよ、と提案した。丸川さんは、いやいやそんな場合じゃないですって！と抗議し、大柳さんは無言で首を傾げて目を眇《すが》め、少し馬鹿にするような表情で松山さんを見やった。

「えー。窓が開いててそこから人の声が聞こえたら、逃げてる人も来ないかもしれないじゃん。防犯になるよ」

松山さんの反論に、丸川さんは、それもそうだという顔をしたのだが、やはり示しがつかないと思い直したのか、とにかく見張りの時は集中してくださいね、と釘をさした。

松山さんと大柳さん、笠原さんの旦那さんの三人でゲームが始まった。大柳さんは気が進まない様子だったが、無理やりトランプを配られて七並べに参加させられていた。そのうち、朗喜と松山さんが見張りを交替して、朗喜は遠慮していたのだが、笠原さんの旦那さんにまあまあとカードを配られて、やはり七並べをやることになった。数年前まで、家族三人でボードゲームをするのが好きだったことを思い出しながら、朗喜は意外にも近所の人たちとのゲームを楽しんだ。丸川さんはずっと窓際で見張りをしていて、頑として参加しなかったが、最初は馬鹿にしていた様子の大柳さんも、だんだん顔をほころばせるようになってきていた。

特に人通りもなく、あやしい出来事もないまま、〇時半を過ぎると、笠原さんの奥さんが食器をお盆の上に載せながら、私はこれから寝ますけど、もっと揚げそばいる人いらっしゃいます？　とたずねてきた。私はけっこうです、ありがとうございます、と丸川さんが言うと、おれもいいよ、ありがとう、と松山さんが続いて、大柳さんが、いいです、とぼそぼそ言いながら首を振る。朗喜も、大丈夫です、と答える。

「じゃあ丸川さんね、二時からの当番の人にも、夜食出してください。揚げそばの麺は一階の食卓に置いてあって、上にかけるあんは冷蔵庫に入ってるんで、レンジで温めて食べてください」

「わかりました」

大皿は洗ってわかるところに置いておきますんで、と笠原さんの奥さんが部屋を出ようとすると、その時見張りをしていた大柳さんが意を決したように、あの、と少し大きな声を上げた。

「昼にもらった牛すじの煮込みおいしかったです」

「ああ、ああ」

笠原さんの奥さんは、まったく意に介さない様子でうなずきながら、気に入ったんなら良かったですよ、と廊下の奥の部屋に入っていった。笠原さんの旦那さんは、あと1ゲームしたら私も寝るかな、と言いながら、スペードの3を出した。

「もしかして、植え込みを刈ったお礼とかでいただいたんですか？」

丸川さんがそうたずねると、大柳さんはうなずく。

「あれもうまいよね。さすがにおれも作れない」松山さんは、誰に訊かれたわけでもないのに答えて、どこかのカードを出し渋るように、座卓の上に並んだカードと手持ちの札を見比べる。「でも、牛すじの煮込みなら、安くてうまい店が近くにあってね」そう続けながら、松山さんはやっとカードを出し、店の名前を言う。朗喜も知っている、一駅隣の駅前にある小さな居酒屋だった。博子が疲れていそうな時は、ときどき一人で夕食を食べて帰る。安くてうまい、店主夫婦と、アルバイト一人の三人でやっている店だった。

「おいしいですよね、あそこ。安いし。妻が働きに出てるんであまりにも長時間かかる煮込みとか家で食べないけども、あの店に行ったら食べられる」

松山さんと朗喜が言い合っていると、大柳さんは、自分も行ってみようかな、と呟く。

「店で会ったら飲もうよ」

松山さんの言葉に、大柳さんは必要以上に驚いたように目を見開いて、数秒沈黙した後、わかりました、と聞こえないぐらい小さな声で窓際から答えた。

松山さんが勝ってそのゲームが終わり、笠原さんの旦那さんが、じゃあ私も寝ることにします、と部屋を出ていくと、松山さんは、じゃあテレビ、とすかさずリモコンを操作した。丸川さんは、松山さんが自由に動くたびに顔をしかめるのだが、べつに不当な行動をとっているわけではないので、なかなか言い出せないようだった。

テレビでは、地元のバスケットボールのチームの試合が流れていた。博子の好きなチームで、たびたび一人で試合を観に行っている。職場のスーパーでチケットをもらって行ってみると、良い気晴らしになったらしい。朗喜もスポーツを観るのは嫌いではなかったので、博子の話を聞きながら、二人でよく配信の試合を観ていた。

「これ、駅とかスーパーにポスター貼ってあるやつだ」

おもしろいのかなあ、と松山さんは言うので、おもしろいですよ、と朗喜は答える。

「この網の中にボールを入れたら点が入って、ボールを持って歩いたらだめなんだよね?」

「そうです」

「四歩以上だっけ?」

「それはハンドボールですね」

「物知りだねえ」

この程度でそんなわけはないのだが、松山さんがあまりにも軽々しく言うので、朗喜は笑ってしまう。こういう人は職場にはいないし、こういう機会でもないと話さなかったな、と朗喜は思う。

「あのね、私はハンドボール好きですよ」丸川さんは、窓の外を見張りつつ話に参加するために、顔を半分だけ後ろに向けて話す。「大学が強いところだったんでね」

そして競技の蘊蓄《うんちく》などを語り始める。朗喜はそれに耳を傾けながら、なんだか自分は息子を閉じ込めようと計画している父親じゃないみたいだ、と唐突に思う。

いい人でしたよ、逃亡犯が来るかもっていうんで、その見張りにも参加してたし、と松山さんがテレビのインタビューか何かに答えているところを朗喜は想像する。自分の印象について。いや、それはおかしいのか、自分が子供を閉じ込めた親だっていうことが発覚するのは、今日や明日なんかじゃなくてもっともっと先じゃないと困るのか。

朗喜は、ぼんやりとそんなことを考えながら、自分と博子が警察に連れて行かれるところを思い浮かべる。今よりもさらに小さくなった、くたびれて呆然とした姿で。そんなことになってしまったら、博喜はどこへ行くことになるのだろう。博子か朗喜のどちらかの親戚の家になるのだろうか。博喜はそこで幸せにやっていけるだろうか。

試合は休憩に入り、短いニュースが流れ始める。ここからは遠く離れた土地で大雨があったようで、浸水の被害が出ているらしい。今のところは対象の地域の全戸が避難しているとのことで、避難先である体育館の様子が映し出される。松山さんが、こっちも大変そうだ、と場所の名前を言うと、丸川さんが驚いたような顔をしてテレビの方を振り向き、すみません、と言いながら寄ってくる。朗喜は何も言わず、丸川さんの代わりに窓際へ行く。相変わらず、道路には何の動きもない。

「みんな避難してるんですね」

よかった、と丸川さんは言いながら、自らの緊張を緩和するようにノンアルコールビールの缶を開け、口を付ける。丸川さんだけは料理も食べず出された飲み物も遠慮して持参した緑茶を飲んでいたので、おそらく今日初めて笠原さん夫婦から出されたものに手を付けるはずだ。

「三年前によくしてもらった取引先が、確かこのへんなんですよ」

社屋は被害受けるかもしれないけど、とりあえずよかった、と言いながら、携帯でニュースをチェックし始める丸川さんを、大柳さんは目を細めてしばらく窓際から振り返っていた。朗喜にはその様子が、自分と関係ないことを気にかけることをばかばかしがっているようにも見えたし、何か理解できないものに遭遇しながら、それでもかけらぐらいは事情をわかろうとしているようにも見えた。

*

昨日の二十三時を回ったあたりからソファで仮眠して、一時半に携帯の目覚ましの音で目が覚めた。頭が少し痛くて、体にうまく力が入らず不快だったので、寝てしまうんじゃなかった、と貴弘は後悔したのだが、夜中の二時に集合するなんて今までの人生で一度もなかったので、いざそんなことを頼まれてしまうと不安でいったん寝てしまった。

仕事があると断ってもべつに良かったのかもしれないけれども、夜中に起きて頼まれた見張りに行くことにした。ニュースサイトやSNSなどを調べると、この周辺に逃亡犯が来る可能性はそんなに高くはなさそうに思えたし、強く反対しなかったとはいえ、丸川さんの独断の計画でしかなかったのだが、好奇心に負けて引き受けてしまった。

よく考えたら、休みの日の前に授業の資料を作ってて朝五時になることなんかしょっちゅうじゃないか、と思いながら、貴弘は顔を洗い、水筒に緑茶を詰めて出かけることにする。家を出ようとすると、篤子が二階から降りて来るところだったので、丸川さんに頼まれた見張りに行ってくるよ、と言うと、わかった、とあくびをしながら篤子は洗面所に向かっていった。

当たり前の話だが、夜中の二時前の町内は静まりかえっていた。路地の出入り口にある笠原さんの家には、見慣れた自宅の前の道を十秒も歩けば着くし、これまで何百回と同じ道を通っているのだが、時間帯と目的地が違うと新鮮に思えた。近所の人の家に上がり込むのも初めてだった。

ドアホンを押すと、丸川さんが出てきて、こんばんは、今から鍵開けますんで、と言った。少し待つと錠が外れる音がして、やや疲れた様子の丸川さんがドアを開けた。

「笠原さんご夫婦はもうお休みなんですか？」

「そうですね。お二人とも」

丸川さんの後ろから松山さんが出てきて、あー楽しかった、またね、と小さい声で言いながら玄関でつっかけを履き、貴弘に、五時までがんばって、と声をかけて家を出ていった。続いて大柳さんも、貴弘を一瞥《いちべつ》して会釈しながら、笠原さんの家を後にして隣の家に戻っていく。

「二階に上がってすぐの部屋です。真下《ました》さんがもういらっしゃってるんで」

真下さん、と言われても一瞬誰だかよくわからないのだが、近くでそういう表札見たな、と思いだし、わかりました、とうなずいて階段を上がっていく。電気が煌々と点いた部屋の窓際に、朝の出勤が早い時にたまに見かける、二つ隣の家の男の人がいた。こんばんは、お疲れさまです、と挨拶を交わして、貴弘は二方の窓の一方に着いて外を覗き込む。

「明日はお休みですか？」

「そうですね。土日休みです」

相原さんは？ と訊き返され、明日は午後に一コマだけ授業に行きます、と貴弘は答えて、近所の大学で働いてるんですよ、と付け加える。そうですか、と真下さんはうなずく。三十歳は過ぎているだろうけれども、貴弘よりは若く見える。母親と二人暮らしだったと思う。無難な水色のシャツにデニムという今の格好だといくぶん緩和されているけれども、スーツ姿で出勤していく様子からはほとんど生活臭の漂ってこない人で、そういう人でもこんな生活そのものみたいな住宅地から出ていくんだな、と貴弘は感慨深く思うことがある。

料理の匂いがして、襖《ふすま》が開いたままの部屋の出入り口から丸川さんが入ってくる。大皿にのった揚げそばだった。

「笠原さんの奥さんが作り置きしておいてくれたものです。適当に食べてくださいと」丸川さんはいくぶん眠そうに言いながら、のろのろと皿を座卓の上に置く。「私はこれ、食べる習慣がないんですけど、便利ですね。上にかけるあんさえ再加熱したらいつでも作りたてっぽく食べられますし」

息子は気に入るかな、と小皿に取り分けてくれた後、丸川さんは窓際に寄って大きなあくびをしている。揚げそばはうまかった。斜め向かいの丸川さんの家は、奥さんが出ていったのではないかと篤子が言ってたけれども、本当みたいだな、と貴弘は思う。篤子は明日の二十三時からあさっての二時の間の見張りを頼まれていた。

篤子に言うか言わないか迷っていたが、貴弘は夕食後、忘れていた公共料金の支払いのために、自転車に乗って少し遠いコンビニに行った時に、篤子がよく面倒を見ていた学生である梨木由歌に会っていた。逃げたかったけれども、いつのまにかレジで後ろに並ばれていたのだった。「どうして小山先生は電話に出ないんですか？」と梨木にたずねられ、僕に訊かれてもね、と貴弘は答えた。力になってくださいって小山先生に伝えてください、と梨木はほとんど詰め寄るように貴弘に言った。自分も教師ではあるので、それは言えない、とはっきりとは答えられない貴弘は、まとまって話せることがあったらね、今は忙しいみたいだから、と答えた。

話を切り上げてその場から去ろうとすると、私いま逃亡犯に関する情報を集めてて、何かご存じでしたら、と梨木は貴弘の進路をふさぐように身を乗り出したのだが、貴弘は、危ないからやめなよ、とだけ告げるにとどめた。

梨木由歌がかなり優秀なのは、篤子が彼女と仲が良かった頃によく聞いていた。貴弘は学科が違うし一般教養の科目でも彼女を受け持ったことはなかったが、篤子が家で採点していたちょっとしたレポートを読むだけでもよくわかった。また、単に生まれ持った要領の良さのみでなく、気になった事象を忍耐強く追う性質もあったので、いずれ何らかの成果をつかむかもしれないとは思っていた。

貴弘は、直接利用されたわけではないのでそれほど梨木を苦手としているわけでもなかったが、篤子のことを考えると気まずかった。それほど篤子は梨木を評価していて、悪い言い方だけれども入れあげていたと思う。篤子が彼女といる時、自分は疎外されているように思えると貴弘が感じるほどに。

これうまいですね、と小皿の上の揚げそばを平らげて真下さんは言う。そうですね、と貴弘は同意する。丸川さんは、またあくびをしながら窓際をいったん離れて、テレビをつけてすぐに戻る。ＢＳの通販番組が流れていて、眠気ざましの助けになるとは思えなかったが、それでもないよりはましなようだ。真下さんは、すぐに代わりますんで、と声をかけて水を飲み、丸川さんと交替する。貴弘も空いている側の窓際に座って道を見下ろすことにする。丸川さんは、食器洗ってきます、と皿を持って階下に降りていく。

猫でもいいから何か動きはないだろうか、と貴弘は目を凝らすのだが、夜中の住宅地では何も起こっていない。猫一匹通らないですね、と貴弘が言うと、真下さんは少し笑って、会社帰りによく見かける馴染みのが何匹かいるんですけど、さすがにこの時間は寝てるんですかね、と答える。

「猫って夜行性って聞くんですけど、完全に昼夜逆転で暮らしてるのか単に夜型なのか、よくわからないですね」

「私も知りません」

真下さんは気安く自分の話に乗ってきたので、貴弘は好感を持った。消極的で用心深い住宅地の人々全体を、精神的な起伏のない人たちだと貴弘は内心で嫌っている部分があったのだが、そういう紋切り型の人だけではないようだった。

「お仕事はどちらに行かれてるんですか？」

そうたずねると真下さんは、この住宅地から私鉄を二本乗り継いだ大きな市街地の名前を告げる。都会に働きに行ってるんだな、と思う。貴弘はそれほど都会に関わっている人を信頼しているわけではなかったけれども、話がわかるかわからないかということに関しては一定の安心感があるような気がする。それほど貴弘は、この周辺の住宅地に漂う後ろ向きな充足感にうんざりすることがあった。

「ここから一時間半ぐらいかかる場所ですけど、そちらに住んだりはしないんですか？」

「住んでたんですが、ちょっと疲れて生活が荒れてしまって。落ち着いたらまた家を出ようと思うんですが」

「そうですか」

「相原さんは大学にお勤めだから引っ越してこられたんですか？」

「そうですね、妻と同じところに勤めてるんで」

家を借りることにした二年前は、いいアイデアだと思った。不妊治療をそろそろ打ち切ろうかと考え始めていた頃で、お互いに、これまで以上に仕事をがんばろうとよく励まし合っていた。二人ともが徒歩で職場に通えるのは確かに良かったけれども、それ以上のものがあったようには思えない。貴弘は自宅と大学までのどこまでも同じに見える住宅地の風景と、コンビニすらろくにない不便さに辟易《へきえき》し、篤子は思い入れを持った学生をしょっちゅう夕食に呼んだあげく、ただ感情を利用されただけに終わっている。

「何もないでしょう、このへん」真下さんは、貴弘の方を見ないでどこか諦めたように言う。「働いてる人はそっちの方で用事を済ましてきちゃって、残ってる人は気力がないから何でも他人がやるのを待ってるって感じで」

自分と似た印象を話されると、貴弘は少し気が緩むのを感じる。だからといってあまりにもやすやすと同意してしまわないように気をつけながら、そうですか？　と貴弘が訊き返すと、そうですよ、と真下さんはうなずく。

「何が目的で逃げてるのかわからないけど、日置ならもしかしたら、このへんの人たちを簡単にかわしてやりたいようにやるかもしれないな。なにしろ勉強はできたし、根性もあったから」

真下さんの独り言に、貴弘は、逃亡犯とお知り合いなんですか？　と月並みな反応をする。真下さんは、同級生なんですよ、と答える。

「中学校の。小学校は校区が違うんですけど。塾も一緒でした。すごく勉強ができた。学年で一番でした。絶対にいい高校に行って名の知れた大学に行くんだろうと思ってたけど、中三の時に実家の事業が倒産して、親が離婚して、塾もやめました。クラスが違ってたし、自分のことを言いふらす人間じゃなかったから、その後のことはあまり知らないけど、高校は商業高校に進んで卒業と同時に働き始めたそうです」

真下さんはそう説明した後、少しの間を置いて、そこで横領をやったんですよ、十年以上も、と付け加える。特に感情はこもっていなかったけれども、努めて平たい調子を保とうとしていることはわかった。貴弘は、話を聞きたいという強い衝動に駆られながら、それが表に出過ぎないように、いったん外の様子を見下ろして気持ちを落ち着かせる。やはり動きは何もない。けれども先ほどの真下さんの話で、自分はもしかしたら日置昭子が必ずしも捕まればいいと考えているわけではないかもしれないと考え始める。ただの三十代の女の横領犯が、突然はっきりした輪郭を持ち始めることに、貴弘は驚きと厄介さを感じる。

「そんなばかなことをしなくても充分生きていける人間だったと思うんだけど、すごく残念ですよ」

「日置さんのことをすごく買ってるんですね」

貴弘が口を挟むと、真下さんは、意外な指摘をされたとでもいうように目を丸くして、そうでしたね、確かに、とうなずく。

「変な話ですけど、中学の頃は自分より勉強ができる人間はほとんど周りにいなかったんですよ。でも日置よりいい成績をとったことは一度もなかったな」

「そうなんですか」

貴弘がうなずいていると、廊下の方から階段をゆっくり上る音が聞こえて、丸川さんがぐったりした様子で戻ってくる。急須と湯呑みが三つ載ったお盆を手に持っていて危なっかしいので、貴弘はいったん窓から離れてお盆を受け取り、座卓の上に置く。

ありがとうございます、ありがとうございます、と丸川さんは言いながら、座卓に身を乗り出すようにして腕を組んでぼんやりし始める。

「昔は仕事でなら徹夜とかできたんですけど、年ですかね」

丸川さんはそう言いながらうつむき、音を立てずにあくびをする。テレビでは通販番組が終わって、ニュースが始まっていた。まずはここから遠く離れた地方での豪雨のニュースが大きく取り上げられていて、丸川さんは、それだけは見たいという様子でテレビの近くに寄っていた。貴弘は、その場所自体に住んだことはなかったけれども、同じ県の県庁所在地で大学から大学院の六年間を過ごした。いつもお金はなかったけれども、食べ物と家賃が安いのでそれほど気にならず、住んでいる人が陽気だった。仕事さえあるのならまた住みたいと思うけれども、働き口はなかった。

「三十分だけ寝ていいですか？」

もう我慢できないという様子で丸川さんがたずねてきたので、はい、とうなずくと、起きたらすぐに代わります、と携帯でアラームをセットして、丸川さんは座卓に突っ伏す。豪雨についてのニュースが終わると、逃亡犯のことが少しだけ取り上げられていた。特に新しい情報はなく、貴弘でも知っている、民家の軒先から盗んだボーダーのカットソーにデニムのジーンズを身に着け、赤のクロックスを履いているだろう、ということぐらいしか話題になっていなかった。

「盗みなんかして罪状を増やすなよ」

真下さんは呆れたように言う。まるで知り合いに言っているみたいだ、と思って、実際にこの人は逃亡犯の知り合いなのだと貴弘は思い直した。

画面に映っている女性は、特徴らしい特徴もなく、これだけ騒がれた上ですれ違っても見分けられないかもしれないほど普通の女の人だった。そうか、勉強できたのか、自分はあんまりできなかったな、と貴弘は思った。

＊

向かいの丸川さんのおじさんが家にたずねてきて、お母さんに明日は朝の五時に笠原さんの家に来てくださいと伝えてもらえるかな？　と言ったのは昨日の夜の八時ぐらいだったと思う。みづきは妹のゆかりと晩ごはんを食べながらテレビを観ていた。メニューはレンジで温めるピラフを半分ずつだった。高菜のやつだった。二人でコンビニに買いに行ったときに、ゆかりはどうしてもカレーのを食べたいとごねたけれども、みづきは「ゆかりは何にもしないでしょ」と言って高菜ので押し切った。なのでゆかりはきげんが悪くて、二人とも何も話さないでごはんを食べていた。おばあちゃんはもう晩ごはんを食べてしまった後で、プラスチックの惣菜ケースがゴミ箱に捨ててあった。

何の用事なんですか？　と訊くと、丸川さんは、笠原さんの家の二階から、自主的に逃亡犯の見張りをするんです、と答えた。お母さんは、夕方に家に帰ってきて、自分と誰かの仕事の制服を洗濯機に放り込んで、洗濯機が止まったら干しておいて、とみづきに頼んですぐに出ていった。お母さんは大きな病院の受付で働いていて、お母さんの方の洗濯物はその水色の制服だった。薄いピンク色のもあって、ゆかりとどちらの色が好きかもめたこともあった。もう一つの方は、男の人が着るような白い首の詰まったシャツと、やはり白いズボンだった。

丸川さんに頼まれたことを、みづきはゆかりには話さなかった。携帯からお母さんにメッセージを送ったけれども、返事はなかった。一応おばあちゃんに伝えると、「私はしんどいから行かないし放っておきなさい」と答えた。みづきが思っていた通りの答えだった。

ご近所で決まったことをどのぐらい守らないといけないのか、みづきは見当もつかなかったけれども、朝五時に起きて学校に行ったことはあるな、と思い出した。運動会のダンスの練習をしたのだった。みづきのクラスは白組で、すでにそこそこできていたと思うのだが、クラスのみんなが妙に踊るのが好きになってしまって、もっと完璧にしようという話に発展し、本番直前に朝練までした。振り付けを考えた担任の山口先生が好きなサザンオールスターズの曲で踊った。

あの時はクラスのみんなで団結していておもしろかった、とみづきは思い起こしながら、笠原さんの家に朝の五時集合なら、四時四十分ぐらいに起きないといけないのか、と計算する。朝ごはんは食パンを焼かずに食べればいい。

どうしてそこまでして自分が、丸川さんがお母さんに頼みたいことを代わりに果たそうとしているのか、みづきにはよくわからなかったが、逃亡犯のことを知りたいからかもしれない、とは少し思った。テレビのニュースでときどき目にする逃亡犯の顔を、みづきは自分でもよくわからないけどよく見ていた。特徴らしい特徴はないし、美人かどうかはわからないが、髪型が好きで、自分も中学に入るぐらい大きくなったらあんな感じにしたいと思っていた。やさしい人だろうか？　とみづきは思った。みづきの中には、大人の女の人はだいたいやさしいという考えがあって、担任の先生も女の人だとうれしかった。

前の日は早く寝て、朝の四時四十分にみづきは起きた。さすがに暗くて、少し怖じ気付いたけれども、しばらく窓の外を眺めていると、外が黒ではなく青い色をしていることがわかったのでみづきは気を取り直して着替えて、子供部屋のドアを開けた。ゆかりが目を覚まして、おねえちゃんどこ行くの？　とたずねてきたので、みはりに行く、と答えると、わたしも行く……、と言いながらゆかりはまた寝てしまった。

みづきはしっかりと戸締まりをして、走って笠原さんの家に向かった。短い距離だけれども、まだ暗い時間帯だし、誰か怖い人がいてつかまったらいやだと思ったのだ。素早く動いていたら自分が男の子か女の子かわからないだろう、とみづきは考えた。男の子だって怖い目に遭うけれども、女の子の方がその回数は多いように感じることがみづきにはよくあった。

路地の出入り口の笠原さんの家は、いつもこんもりしている植え込みの木の枝がだいぶ減っているようだった。みはりをするために切ったのかもしれない。緊張しながらドアホンを押すと、はい、と笠原さんの声がして、やじまです、とだけ答えると、今出ますね、という答えが返ってきた。

みづきが一人だけ門の外に立っているのを見つけると、笠原さんのおばあさんは目を見開いて、ああ、ああ、と言いながら門を開けて、どうして来たの？　お母さんは？　とたずねてくる。

「お母さんは今日仕事だから、代わりに来ました」

「そうだったの」

「はい」

笠原さんのおばあさんは、迷うように首を傾げて考えたあげく、帰ってもいいと思うわよ、と玄関から言った。

「いえ。早起きにはなれてるし、何か協力したいんで」

みづきの言葉に、おばあさんはさらに迷ったように、うーんと首の角度を深くして、まあとりあえず、お茶だけでも飲んでいく？　とやっとみづきを家に入れてくれた。

「すぐ帰ってもいいのよ。長谷川さんの娘さん、四人きょうだいのお母さんの方ね、そちらも来られてないんだけど、私と山崎さんがいたら一応見張れるし。早朝はあの人も動かないような気もするのよ」

階段を上りながら、あの人、と知り合いの話でもするように笠原さんのおばあさんが逃亡犯の話をするのが、みづきにはちょっとおもしろいと思えたので、でもわたしならその裏をかこうとするかも、と話を続けると、それもそうねえ、と笠原さんのおばあさんは言った。裏をかく、は最近図書室で借りた本で覚えた言葉だった。『宝島』だったか『デブの国ノッポの国』だったか『怪盗ルパン』だったか。

案内された部屋には、斜め向かいの山崎さんがもう来ていて、おはようございます、とみづきに言った。背が高くてショートカットの山崎さんは、引っ越してきた当初は気難しい人のように見えたけれども、今はみづきにとってはけっこうしゃべれるたぐいの大人だったので安心した。

おはようございます、とみづきが答えると、急須で淹れたお茶を勧めてくれながら、お母さんは？　とやっぱり訊かれたので、ちょっとめんどくさく思いながら、仕事です、とみづきは言った。みづきは緑茶は好きではないけれども、湯呑みのお茶はちょうどいい濃さだと思った。お母さんはたぶん彼氏のところに行っている。彼氏はみづきが昨日の夕方干した制服の持ち主だと思う。けれどもその人の家から仕事に行かないとも限らないし、本当に今日は仕事かもしれない、とみづきは自分に言い聞かせる。

「こっち側の窓から道を見下ろしたらいいですか？」

「そうですね」

部屋には角の二方向に窓がついていて、みづきや山崎さんの家がある路地の側と、もう少し広い住宅地の通りを見下ろせるようになっている。夜明けの路地はとても静かで見慣れないもので、みづきは今何時だっけと少し感覚が狂うのを感じる。

山崎さんは、座っているそばにチラシのようなものを何枚か置いて、ちょっと見張りに飽きたような感じがしてくると、そのチラシを窓に貼り付けるように持って少しずつ見ている。まだ太陽がちゃんと出ていないので、裏側もあまり透けないようだ。

「それ何のチラシですか？」

「物件の、家のチラシですね。引っ越しを考えていて」

「そうなんですか」

みづきは答えながら、ちょっとだけショックを受けている自分に気付く。山崎さんは、みづきが小学二年の頃に引っ越してきた。一学期だ。山崎さんは、もともとそこに住んでいたお母さんであるおばあさんと暮らしていて、そのおばあさんは最近亡くなった。だからといってすぐ引っ越しを考えるとは思わなかった。知っている人がいなくなるのは誰であれショックだ。

「お母さんが亡くなったからですか？」

「そうですね。家が私一人で暮らすには少し大きい気もするし」

山崎さんが見終わったチラシを、みづきはことわって一枚手に取って見てみる。アパートの間取り図がいくつか載っている。お金のことはよくわからないが、自分も大人になったらこういうところに住むんだろうかとみづきは思う。

何のかはよくわからないけど食べ物の匂いをさせながら、笠原さんのおばあさんが部屋に入ってくる。みづきが食べたことがない、お湯をかけていないインスタントラーメンの上にそのまままとろっとしたスープがのっているような食べ物だった。

「上のあんを温めるだけでできたてっぽく食べられるからゆうべたくさん作っちゃったんだけど、こんな時間に食べるもんじゃないわよね」

「いや、いただきます。ありがたいです」

久しぶりだなあ、と言いながら山崎さんがお皿に取り分けている間、笠原さんのおばあさんが代わりに窓際に行く。

「かまぼこ入りの食べるの久しぶりかも」

「簡単でいいですよね」

山崎さんと笠原さんの話を聞きながら、大人は自分の作りたいものを作れていいな、とみづきは思う。自分で作ることができるものを改めて思い出す。目玉焼き、スクランブルエッグ、ベーコン、カップ麺、ちぎったレタス、トーストなど。あとはレンジかオーブントースターで温めるだけの冷凍食品がいくつか。もっと作れるものを増やしたいと思う。お母さんは、毎日料理をしてくれる週もあれば、ぜんぜん何も作らない週もある。家にいても作らない日もあるし、家にいなくても作っていく日もある。規則のようなものはない。お母さんは料理はうまいと思う。でも作り方を訊くと怒る。

笠原さんのおばあさんが作ってきた、ぱりぱりのめんにとろっとしたスープのようなものをかけた料理はおいしかった。ありがとうございます、とみづきが頭を下げると、すごく簡単よ、すぐ作れる、と窓際から振り向いて言いながら、笠原さんのおばあさんは手を口にあててあくびをした。

「寝たのが一時ぐらいで」

見張りのいろんな準備をしたりしてて、とおばあさんが続けると、寝に行ってくださっていいですよ、と山崎さんは言う。

「私が頻繁にこっちとこっちを見ますんで」

そう言いながら、山崎さんは二方向の窓を手で示す。みづきは、自分は数には入っていなそうだ、と少し落胆する。

「いいんですか？　ほんとに？」

「いいと思いますよ」

山崎さんはそう答えて、みづきに向き直り、道に誰か知らない人がいたらわかりますよね？　とたずねる。一転、自分が数に入っていたことに喜んで、みづきはうなずく。

「矢島さんもそうおっしゃってるんで」

おばさんといえる年齢の女の人にていねいにされるのは妙な気分だったが、みづきは悪い気はしなかった。頼ってくれるんならちゃんとみはろうと思った。

笠原さんのおばあさんは、そうですか、とうなずいて、私は隣の部屋で寝てますんで何かあったら、と言って部屋を出ていった。

しばらく無言で、みづきと山崎さんは窓から道を見下ろしていた。やはり誰も通らない。みづきは次第に退屈してくるのだが、そのことがばれると子供っぽく見えそうなので注意しなければ、と思いながら、少しずつ見慣れた色になってゆく近所の道を見守る。

「朝早くて大変だったでしょう？」

みづきが何か言うより先に、山崎さんがそう言ってきたので、そんなことなかったですよ、運動会の練習で早起きしたこともありますし、とみづきは答える。

「私は人生でいちばん早起きしましたよ、今五十八歳なんだけど」

「そうなんですか」

「ええ」

　はっきりと年齢を言われると少し面食らってしまう。みづきは六十歳からはおばあさんだと考えていて、あともう二年するとこの人がおばあさんになるのか、と思うと不思議な感じがする。山崎さんはおばさんだが、みづきの基準ではおばあさんというにはまだとても若く見える。

「あれ、なんていうんですか？」

　少し話せたら続けて話せるような気がしてきたので、まだ少しめんが残っている笠原さんのおばあさんが持ってきた大皿を示しながら、みづきがたずねると、揚げそばかな、皿うどんでもいいけど、と山崎さんは答える。

「笠原さんのおばあさんが言ってたけど、簡単なんですか？」

「簡単ですよ。具を炒めて中華スープと塩こしょうと片栗粉を水で溶いてからめたのを、乾いためんの上にかけるだけだから」

　簡単というわりには難しいじゃないかとみづきは思う。いためるっていうことはフライパンを使うし、キャベツとかにんじんとかいろんな切った野菜が入ってたし。みづきがフライパンを使って作れるものは、材料が一種類のものに限られる。玉子とか、ベーコンとか。そしてすぐに火が通るもの。火を使っているところを見かけたらお母さんが怒るので。

みづきが険しい顔をして黙り込んでいると、まあ、小学生の人にはそんなに簡単でもないかな、と山崎さんはつぶやく。

「料理したいんですけど、お母さんがコンロを使うのも包丁を使うのもいやがるんですよね」

「なんで料理したいんですか?」

「それは……」

冷凍食品の味にはもう飽き飽きだから。出前を取れるほどお母さんはお金をくれないから。お母さんが自分たちに食事を作ったり作らなかったりするのは仕方がないとしても。

みづきが言葉を止めたままでいると、山崎さんは、まあそんなことはいいか、と言う。みづきは少し気が楽になる。

「ごはんを炊くのは火も包丁も使いませんよね」

山崎さんが意外なことを言うので、みづきは思わず目を丸くする。

「ごはんをたくのってむずかしくないですか? お米を洗ったりとか。一回洗うだけ

「じゃだめなんでしょ？」

「難しくはないけど、他の料理の手順とはちょっと違うかもしれませんね」

ごはんをたけたらとても便利だろうとみづきは思う。おにぎりを作れるし、夕方に半額になるおかずを買ってきたらそれで食事ができる。教えてほしい、とみづきは強烈に思ったのだが、なかなか言葉にはできなかった。さっき聞いた片栗粉がどうのというものの作り方もよくわからなかったから、今聞いて自分が理解できるだろうかと思ったのだ。

やっぱり炊飯器の説明書を見せてくれとお母さんに言うしかないのか。でも、たぶんまた怒られる。理由はなんとなくわかっている。説明書がどこにあるのかよくわからなくて探すのが面倒だから、みづきが後片付けをうまくできなくてお母さんの手をわずらわせるかもしれないから。

みづきが迷っていると、向かいの家で動きがある。誰かが玄関から出てきて、小走りで笠原さんの家に向かってくる。

「誰でしょう？」

「長谷川さんのお孫さんの一人だと思うんだけど」

すぐにドアホンの音がして、今度は笠原さんのおじいさんが廊下に出て階段を降りていく。下の階から話し声がしたかと思うと、すぐに階段を上がってくる音がして、今度は中学生ぐらいの女の人が部屋に入ってくる。じゃあ私はこれで、と笠原さんのおじいさんは廊下に戻っていく。この路地で見かけたことはあるけれども、誰とはわからない人で、みづきを見ていきなりけげんな顔をした。

「お母さんは？」

その質問もうあきた、と思いながら、仕事で、と答えながら、今度はみづきがポットから急須にお湯を注いでお茶を淹れてその人に勧める。新しく来た中学生ぐらいの人は、うちの親は家にいるくせに出てこなくて、と顔をゆがめていまいましそうに言った。まったくいいことなど言っていないのに、みづきにはただ彼女がうそをついていないことがうらやましかった。

「私はこの向かいの長谷川の家から来ました」

「ああ、はい」

山崎さんはうなずく。笠原さんの向かいの家は、みづきにとって、花は咲いているのに夜は真っ暗な大きな家だ。夕方になると雨戸やカーテンを閉めてしまうので、周辺の防犯灯や門灯で照らされた浅い闇に家全体が暗く浮かび上がるようになる。遅い時間は、みづきは本能的にこの家の近くを通るのを避けて、笠原さんの家の方から路地に入るようにしている。ゆかりにも、日が落ちたらあの家と倉庫に挟まれた道路はなるべく歩かないように注意している。

そして同じクラスの長谷川翔倫の住んでいる家。目立ちたがりだけど目立たないうるさい子。いつも見下せる相手を探してうずうずしてる子。

「花、きれいですね」

「そんなことないよ」

みづきの言葉に、中学生ぐらいの長谷川さんはいやそうに答え、すぐにとりなすように、せっかくほめてくれたのにごめんね、と付け加える。そしてみづきのそばにやってきて、代わります、と言う。いいですよ、とみづきが一応言うと、いいですよ、とその人も言うので、結局みづきは窓際を譲って座卓のところに引っ込む。やることがなくなると、みづきはさきほどごはんのたき方を山崎さんに訊こうか訊くまいか迷ったことを思い出す。山崎さんと二人だけならそのうち訊けたかもしれないけれども、長谷川さんが加わるとちょっとやりにくいな、と思う。

なにもせずにじっと座卓の木目を見つめていると、テレビをつけていいみたいですよ、と山崎さんが言う。みづきはどちらでもよかったのだが、山崎さんがつけてほしいからそう言ったのかもしれない、と考えて、座卓の上のリモコンを使ってテレビをつける。朝のニュース番組が流れてくる。かたい感じのではなくて、芸能人が出てきて今度出る映画について語ったり、結婚とか離婚のことを取り上げているような。星座占いのコーナーが始まると、長谷川さんは肩越しに振り向いて、露骨にいやな顔をする。その日の一位から十二位を決める占いで、一位はうお座でゆかりの星座だとみづきは思う。

「私、この時間帯の星座占い大っ嫌い」

こういうランキングするやつとか最低、順位が低かったら一日気分悪いし、と長谷川さんはにくにくしげに続ける。山崎さんは、それもそうですね、とうなずいて、私はおうし座なんですが何座ですか？　と長谷川さんとみづきにたずねる。長谷川さんはやぎ座で、みづきはてんびん座だった。すでにランキングは六位までできていたが、三人のうちのどの星座も呼ばれていなかった。

「押しつけがましくないですか？」

みづきには、なんでそんなにむきになって怒るのかという長谷川さんの様子がおもしろく思えて、うんうんとうなずいて同意する。結局、長谷川さんのやぎ座は十位、山崎さんのおうし座は十一位、みづきのてんびん座は十二位だった。

「今日運が悪い人たちのワースト3がこの部屋に集まってるわけですね」

長谷川さんが早口で言うのがやっぱりおもしろくて、みづきは笑ってしまう。山崎さんも笑っている。長谷川さんも二人につられるようにへっと笑う。

「長谷川さんがいちばんましみたいだから、がんばってくださいよ」

「がんばります」

山崎さんと長谷川さんのやりとりを眺めながら、みづきは自分が「楽しい」というぐらいの気分でいることに気付く。役に立っているのか立っていないのかわからないけど、来て良かったと思う。

星座占いが終わると、番組は今度は一転してまじめな雰囲気になり、他県での水害のことが取り上げられる。浸水の様子は現実離れしていてものすごく怖いけれども、死者や行方不明者はいないとのことだった。避難所にいる人々が画面に映し出されて、おばあさんが、家と畑が心配です、と言う。

「うちの母がここの梨が好きでね。毎年これだけはぜいたくする、って買ってました」

山崎さんがつぶやくように言う。みづきは、そうか、あの人ナシが好きだったのか、とときどき路地を歩いて家に帰っていた自宅の斜め向かいのおばあさんのことを思い出す。たまにみづきにみかんをくれた。買いすぎたからと。山崎さんが引っ越してきてからそういうことは少なくなっていたけど。

災害のニュースが終わると、長いCMに入る。音が妙に大きく感じられて、笠原さんのおじいさんとおばあさんに迷惑かなと思ったので、みづきはテレビの音のボリュームを下げる。山崎さんが、ちょっとだけトイレに行くんで代わってもらえますか？とみづきに声を掛けてきたので、窓際の見張りを代わることにする。もうだいぶ外は明るくなってきていた。

「あのさ、ゴミ出しとかいつもしてて、えらいよね」

窓の外を見たまま長谷川さんが言うので、いえ、べつに、とみづきは答える。

「えらいよ。私はあなたよりだいぶ上だけど、やんないもの。母親が集めるのにまかせてる」

部屋に入られるのいやなんだけどね、と長谷川さんは窓におでこを付けて、自分の家をじっと見下ろしている。

「弟と同じクラスなんだよね？　ごめんね」

「何がですか？」

「いじめてきたりしない？」

そういえば、理科や図画工作の班でいっしょになったときに、ごみ、早くしろよごみ、と思い出したように言ってきたりすることを思い出す。特にだれもそれにのらないので、その悪態のようなものはすぐに消えてしまうけれども、あれもいじめのようなものかもしれない。

「もんくを言われたりはしますね」

「そうか。ごめんね」

長谷川さんは窓からおでこをはなして、手でその部分をこすって拭い始める。

「機会があったらあやまりたいと思ってた。私からもやめろって言うけど、母親が甘やかしてるから、だめだったらごめんね」

長谷川さんの言葉に、みづきはうなずきながら、甘やかされてるんですね、とつぶやく。これから長谷川翔倫が学校で何か言ってきたら、甘やかされてるくせに、と思うようにしよう、とみづきは心に決めた。

3. 逃亡犯

トイレに行きたくなって起きた。枕元の目覚まし時計を見ると朝の十時だった。恵一がおじさんと暮らし始めた時に、ランドセルなどと一緒に最初に買ってもらった生活用品の一つだった。ランドセルは、おじさんとおばさんと昭子ちゃんでお金を出し合って買ってくれたらしい。恵一の母親の年の離れた兄であるおじさんとは、小学校一年から二年の一学期まで暮らした。おじさんが体調を崩しがちになったので、恵一は二年の夏休みからその娘の昭子ちゃんと暮らすことになった。その後恵一が小学四年に進級した時におばさんに引き取られて、それからはずっとおばさんと住んでいる。

みんなその人なりにいい人だ、と思いながら恵一は用を足し、洗面所で手を洗って口をゆすぐ。額面どおりだと「親戚中をたらい回しにされる」という人生だけれども、どの人も、おじさんやおばさんの妹であり昭子ちゃんの叔母である恵一の母や、顔も知らない野嶋という姓の父親が持て余してしまった恵一を、かわりばんこに引き受けてくれている。普通にこづかいや何やもくれる。恵一をこきつかったり嫌ったりすることもない。

恵一の母親の姉であるおばさんとは、いちばん長く暮らしている。おばさんは、他の二人と比べてかなり規律を大切にする堅物な人だけど、やっぱりいい人だ。勉強があまり好きではない恵一が、自分は親がいないから中学を出たら働くよ、と言うと、おばさんは首を横に振って、私もあんまりいい大学出たわけじゃないけど、学歴が自分を助けることもあったから勉強がんばりなさい、と恵一を学習塾に入れた。恵一の目論見《もくろみ》は簡単に崩れ去り、しぶしぶ塾に通っているわけだが、おばさんの心遣いは強く感じるので、さぼったりはしないと心に決めている。

クリスマスと誕生日にはちゃんとプレゼントをくれるし、まれに塾で良い席次だと、こづかいに上乗せをしてくれたりもする。けれどもゲームのフェスに行く交通費はどうかなあ、と恵一はあくびをしながら冷蔵庫に向かう。隣接する居間では、おばさんがソファに座ってテレビを観ている。土曜の朝のニュースバラエティのような番組だった。

どこの会場で参加すべきか、どこに行くのが交通費がいちばん安いのか、亮太は神戸か名古屋って言ってたけどな、などと考えながらおばさんが日常的に飲んでいるスポーツドリンクを拝借して、食器乾燥機の中からグラスを出して注ぐ。

ちゃんと頼めばおばさんはお金を出してくれるだろうけれども、どう切り出せばいいのか。あまりにもゲームをしてたらおばさんに注意されることもあるし。

考え事をしながら、ソファに腰掛けているおばさんの少し後ろでぐずぐずしながらスポーツドリンクを飲んでいると、おばさんが振り向いて、いたの、と少し驚いたように言う。

「いるよ。おはよう」

「おはよう」

今日は私は映画行きたいから晩ごはんないけど、お金渡すから好きなの買って食べておいて、とおばさんは少し早口で続ける。何か後ろめたそうなおばさんの顔を見ながら、恵一は、他に言いたいことがあるけど言いやすいことから言ってるのかなと思う。とはいえ、何か言いたいことあるでしょ、と見透かす人間は恵一は好かないので、わかったよ、とだけ言い残して自室に戻ろうとする。

「恵一」開いたままのドアを通り過ぎようとした時に、おばさんは声をかけてくる。

「恵一は昭子に関してなんにも知らないと思うけど、誰かから何か訊かれたりした時もちゃんと知らないって言って。しつこく訊かれたら、おばさんに止められてるって言って」

そう告げるとおばさんは、ソファから立ち上がってじっと恵一を見てくる。ただただ真剣だということは伝わってくる。恵一は昨日学習塾に行く前に話しかけてきた大学生ぐらいの女の人のことを思い出しながら、もちろんあの人にも、誰にも昭子ちゃんのことはなんにも言わないと心に決める。恵一には、勉強をわかりやすく教えてくれて一緒にゲームをしてくれる、とてもいい人だったということでさえも。

自室に戻る廊下を歩きながら、恵一は、刑務所にいる昭子ちゃんに自分が先月送った手紙のことを思い出す。何を書いたのかあまりちゃんとは思い出せないのだが、自分は中三になったということ、おばさんと自分は待っているので早く刑期を務めあげて帰ってきてほしいということ、今はまっているゲームのこと、そしておばさんと二人でおじさんのお見舞いに行った時に、同じ病室の人に〈あの人はもう長くないかもな〉とおじさんが言われていたこと。

おばさんにおじさんの年を訊くと、五十八歳だったんだけど、そんな言われ方する年齢じゃないよね？　おじさんてそんなに悪い？　恵一の母親の十四歳離れた兄であるおじさんが何の病気で、いつから入院しているのかについてはなんとなくしかわからないけれども、この半年のことだ。おじさんが自分を昭子ちゃんに預けた頃から、おじさんとは正月ぐらいしか交流しなくなっていたのだが、今年は会わなかった。そして、今年の春先から月に一回はおばさんに連れられておじさんのお見舞いに行くようになった。確かにおじさんは入院してるだけあって、やせて弱々しくなっていたけれども〈長くない〉とまで言われるほどのことなんだろうか。

昭子ちゃんと、その父親であるおじさんはすごく仲が悪かったから、〈長くない〉ことについて書くのはためらわれたのだが、だからこそたぶん知らないだろうし、だったら一応知らせておかないと、と恵一は思った。

おばさんは恵一に強い感情を見せることはないが、逃亡犯の親族だということで、話を聞かせてほしいという打診をテレビや新聞や雑誌からいくつか受けていて、それをひどく疎んじているようだった。おばさんは何を言われても「昭子のことは何も知りません」と繰り返すだけで、実際そうなんだろうけれども、自分自身が誰かから昭子ちゃんのことをうるさくたずねられた時に、何かおばさんや昭子ちゃんやおじさんについて不利益なことを言ってしまわないとは限らないのではないだろうか、と恵一は思う。

昭子ちゃんのことも大変だけど、おれはヒロピーを探しに行きたいんだよなあ。

恵一は布団に寝転がって、携帯をスリープから起動し、いちばん右手の親指が届きやすいところにアイコンを置いているタワーディフェンスゲームの画面を開いてログインする。フレンドの欄を開けるけれども、今は誰もログインしていないようだ。恵一とウインナーは一定ではないけれども、ヒロピーは毎日昼の三時頃からログインしているらしい。他の二人がいなくても、ソロで戦ったりイベントをこなしたりしてユニットを育てているという。恵一のユニットも、ヒロピーはよく育ててくれている。

ヒロピーやウインナーとはオンラインバトルで一緒になってフレンドになったのだが、仲間意識が芽生え始めたのは、お互いにログイン時間がかち合っていない間にユニットを預かり合って成長させるということを始めてからだ。ログイン時間が長いヒロピーは、いちばんよくその役目を引き受けてくれている。お礼にアイテムを贈ると、次の日にはその前の日以上にユニットを成長させてくれる。義理堅いのだ。

昨日はバトルはやらず、チャットでのやりとりだけした。高知に住むウインナーは、昨日の夜から家族の車で丸亀《まるがめ》の親戚のところに行くとのことで、うどんが食べられるとうきうきしていた。恵一は、丸亀というおもしろい地名の場所がどこにあるのか知らなかったが、ヒロピーは、四国の香川県だよ、と教えてくれた。ヒロピーは年下のはずなんだが物知りだ。

移動中だったウインナーが、眠くなってきたとのことでログアウトした後、恵一は、それでフェスのことなんだけどさ、とヒロピーに切り出すと、ニュースで観たよ、とヒロピーは答えた。

自分は君とウインナーのトリオでフェスの大会に参加したいんだけど、ヒロピーは六つの会場のうちどこがいい？　ウインナーは高知だから神戸かなあと思ってて、自分も神戸でいいかなと思うんだけど。

いいねー。

いつもより少しだけ間を空けて、ヒロピーは返事をした。

でも家出られるかな？

なんで？

親が出してくれるかどうかわかんなくてな。

え、ヒロピー親厳しいの？

厳しくはないけどさ。

なんで家出られないの？　鍵かけられてるとか？

恵一の問いに、ヒロピーはさっきの倍ぐらいの時間をかけて返信する。

まだされてないけど、親はおれを閉じ込めたいかもしれない。

だめじゃん。

だめだけど、自分はすごく迷惑かけてるからな。

どんな？

学校でしつこくちょっかいかけてくるクラスのやつを殴っちゃったりとかさ。

だめじゃん。

だめだよな。よくないのはわかってる。一年前だ。

あと自分は、小遣い持っててテレビの旅行番組とかであっと思うところがあったらついつい親に断らずに出かけてっちゃう、親反対するし、とヒロピーは言った。携帯持たされててもちゃんと出ない。電車の中で鳴るのがいやで、サイレントモードにしてると戻すのを忘れてしまう。ゲーム以外の通知は全部切ってる。着信があったことがわかっても、目の前の知らない景色に夢中になって親に連絡するのは帰る時になる。夜遅くうろうろしてて警察に補導されて親が迎えに来たこともある。親はたまに自分を病院に連れていって医者に見せる。自分はそれがいやで、そういう気配を感じたらついつい出ていってしまう。心配をかけてしまう。

そんなんうちのおばさんでも怒るわ。ちゃんと電話しろよ。

忘れちゃうんだよ。

でも旅先でも毎日ログインはしてるんだろ？

してる。

じゃあおれが毎日訊いてやるよ、おまえ今どこだ、家じゃないんなら親に連絡したかって。

そうか。

恵一の書き込みに対して、ヒロピーは少し間をおいて、うなずくようにそう書き送って、また数秒後、そうだな、と言った。

話しているうちに恵一の中で芽生えてきた疑問は、失礼かな、と思うものだったが、ヒロピーはしんどい話をしながらもいつもと変わらず率直に思えたので、勇気を出して書き送ってみることにする。

おまえ学校とか行ってないの？

クラスのやつ叩いて以来行かなくていいって親が。

勉強どうしてんの？

親が教えてくれる。二人とも国立出てるらしいよ。

国立ってえらいの？

えらいと思う。勉強できるんだと思う。あと通信教育をやってる。おかんがパート
に出てる間はそれやってる。

おかんはおまえを閉じ込めるかもしれないのにパートに出てるんだ？　意味不明だな。

そりゃ親だって一日中おれのそばにいて見張ってたいとかは思わないんだろ。

おまえはときどき出てっちゃって、親はそれが心配で、だからといってずっと見張ってたいってわけでもないんなら、なんか両方ともかわいそうだよな。

恵一の言葉に、ヒロピーはしばらく何も言わなくなる。恵一は、何かまずいことを言ったのかと考えるけれども、よくわからん、というところで止まってしまう。いつもトリオを組んでいる三人でフェスの大会に出ようというだけの話なのに、ずいぶん深刻になってしまってしくじったなあと感じる。

なので恵一は、話を本来の主旨に戻すことにする。

とにかく大会は出たいだろ？

出たいな。

出ようよ。ウインナーにも言おう。

そうだな。

そこで来週から始まる新しいイベントステージについての通知が入って、恵一とヒロピーは身の上とフェスの話をやめて、そのマップを眺めてあれこれ分析し始めた。

その後ヒロピーが朝ごはんを食べるとかでログアウトし、恵一もゲームをやめた。

親はおれを閉じ込めたいかもしれない、という昨日のヒロピーの言葉を思い出しながら、恵一はこれまでのタイムラインをさかのぼってみる。恵一とヒロピーとウインナーの三人は、主にゲームの話をするけれども、何か大きなことがあったらたまに世間話のようなこともする。去年の夏に、ウインナーの住んでいる場所の近くの川が大雨で氾濫《はんらん》した時は、ウインナーが父親や兄と一緒に土砂のかき出しに行った時の動画をあげたりしていたし、近所の打ち上げ花火を撮って見せてくれたりもした。ヒロピーはときどきネコや歩道橋から見かけたきれいな夕焼けの写真を三人のタイムラインに投稿する。恵一は、亮太と行った初詣や節分のお参りの出店だとか、模擬テストで出かけた街中でゲームのパネルを見かけた時に、その写真を撮って送ったりした。おれも同じのを見たことがある、とヒロピーは言っていた。恵一の家からいちばん近くて大きい、私鉄のターミナル駅で掲示されていたものだった。

恵一は、ヒロピーが撮った近所の写真を一枚一枚携帯の画面いっぱいに開き、確認してみる。見たことがあるような、でもありふれているからそう思うんじゃないかというような住宅地や道路の風景が多い。しかし、台風でひん曲がった信号のある踏切には見覚えがある。恵一が中学校への通学や塾への通り道として使うわけではない道だけれども、恵一がよく行くスーパーの途中の踏切の信号が、去年の秋口の台風の後、曲がってしまったのだ。

そういえば、その踏切の手前に歩道橋もある。恵一は横断歩道を使うので上に上がったことはないけれども。亮太の家の近くだ。

恵一は、何も考えずに外出用のリュックのストラップに腕を通し、自分の部屋を出て、そのままおばさんの家も出ていく。風景をよく見るために、自転車は使わず歩いていくことにした。

まず、台風で信号が曲がった踏切のある場所に行く。すでに直っている新しい信号を見上げながら、必死にヒロピーの画像と同じ踏切の信号がそこにあったか思い出そうとする。ヒロピーの当時の画像では、向かって右側に直角に曲がっている。なんだかそうだったような気もするけど、恵一も何度も見たわけではないので確信が持てない。恵一は、片目をつむって何度も実際の風景とヒロピーの画像を見比べ、やがて携帯に映っている少し離れたところにあるビルの屋上に給水タンクがあることを発見する。ビルはクリーム色で、給水タンクは赤茶色だ。恵一は携帯をかざしながら、それらしいビルを見つけて、屋上に赤茶色の給水タンクがあることを発見する。

やっぱりヒロピーは近くに住んでいるのだ、と恵一は確信する。しかしこのあたりには無数に家があって、ヒロピーの名字もわからない状態で家を探すことはできない。また今日ログインする時間が重なった時にたずねたらいいとも思うのだが、教えてくれるとも限らない。恵一も学校のホームルームで「SNSやオンラインゲームで知り合った人にみだりに名前や連絡先を教えないように。まして住所など」と言われたばかりだ。ヒロピーから見て恵一は、中学生のふりをした悪い大人ではないとも限らないのだ。

だから自分は自力でヒロピーを探し出さなければいけない、と恵一は考えながら踏切を渡り、目星をつけた歩道橋を目指す。ヒロピーが親に閉じ込められる前にヒロピーを見つけ出し、自分はいつもゲームで進撃ユニットの配置を請け負っている野嶋ギヨリ夫だと名乗る。速攻で防御力が紙のユニットばかり持っているそいつだと。そしてウインナーと三人でフェスの大会に参加する。

近所では比較的広い、片側二車線の道路にかかる歩道橋に上る。今は午前中で、歩道橋の上から夕焼けを写したヒロピーの写真とはシチュエーションが違うためわかりにくいかもしれないけれども、注意して風景を確かめてみることにする。ヒロピーの写真は陽が落ちていく様子を写しているので、だからこれは西の方角なんだけど、西はここでいうと前か後ろか、と迷いながら恵一は歩道橋を行ったり来たりして、夕焼けの逆光で影になっていて見えにくい画像の中の建物と、実際の風景を見比べる。先ほどの給水タンクには劣りつつも、疑わしい風景ではある。

歩道橋の上でヒロピーがこれまで投稿した画像を何枚も確認してみたけれども、恵一に心当たりのあるランドマークは信号が曲がった踏切と夕焼けがきれいに見える歩道橋だけで、他はぜんぜん知らない場所の駅舎だったりするので、手詰まりか、と恵一は肩を落としながら歩道橋を上がった方とは反対側に降りる。そしてもう一度ヒロピーが投稿した画像をスワイプしながら、一枚のネコの画像の背景が目の前の光景に似ていることに気付く。歩道橋の階段の下に張り巡らされたフェンスの向こうで雨宿りをしている灰色のトラネコの写真だった。

恵一は、右や左に小さく移動しながら、何度も実際の風景とネコのいる写真とを見比べる。フェンスに設置された「フェンス内に入らないでください」という看板と「い」しか写っていないヒロピーの写真を交互に見る。看板の文言の最後の「い」の字体とくすんだ朱色が、同じもののように見える。

もしかしたら、ネコの写真のうちの何枚かは近所で写したものかもしれない、と恵一は思い至り、歩道橋の近辺の路地の出入り口とヒロピーのあげたネコの画像を片っ端から見比べてみる。ぱっと見では無謀な試みのように思われたが、何度もさまざまなネコの写っている写真の背景を見ながら実際の風景を検分するうちに、小さな川にかかる橋や、特徴的なカーブミラーの配置などがヒントになることがわかっていった。

ここを写したものではないか？　という一帯を行きつ戻りつしながら、徐々に歩道橋から離れつつ頭の中で組み立ててゆくうちに、最終的にはネコそのものが現れた。ヒロピーの画像では歩道橋の下で雨宿りをしている灰色のトラネコと思われるネコが、行き止まりに続くT字路の真ん中のマンホールの上からじっとこちらを見ていた。恵一は、ヒロピーの投稿していた画像を見返しながら、おそらく同じネコがマンホールの上で丸く寝そべっている画像を検《あらた》める。

辿り着いた住宅街の路地をのぞき込みながら、恵一は目を疑った。ヒロピーが投稿した画像を手がかりに恵一がやってきたのは、亮太の家がある路地だった。

＊

望が家から出ると、路地の出入り口に中学生ぐらいの男が立っていて、口を開けて目も見開いてこちらの家全体を見つめていた。足元のマンホールの上では、ときどきこのあたりで見かける灰色のトラネコがいたのだが、男と望を交互に見ると、めんどくさそうにさっと走り去っていった。望が中学生ぐらいの男を数秒咎めるように見返すと、男は何か言いたいのか口をぱくぱくさせたけれども、結局まとまらなかった様子で、首を軽く横に振って、長谷川家の裏手へと消えていった。望は中学高校と、いじめというほどではないけれども、カースト上位グループの軽い嘲笑の対象ではあったので、今も派手だったり体格のいい中学生や高校生の男を見ると引け目を感じるのだが、その男は年相応というか、当時の望ぐらいには頭が良くなさそうなぼんやりした顔付きで、望にまったく圧を与えなかったのが逆に印象的だった。

望は笠原家の植え込みの刈り込みの仕上げをするために家を出たのだった。一応今日も笠原家の二階での見張りはあるらしいのでやっておいても無駄ではなさそうだというのと、笠原夫妻から三千円と牛すじの煮込みをもらった義理を果たしておいた方が良いという判断だった。目的を遂行するまでは近所に良い顔をしておいて損はないとも思った。

ドアホンを押すとじいさんの方が出て、どうもありがとうございます、今行きます、と答えた。じいさんは脚が悪いようなので、玄関ドアを開けるまでかなり時間がかかった。門扉《もんぴ》を開け、望に高枝切りバサミと軍手をよこしながら、じいさんは、今日もすみません、ありがとうございます、と何度も言った。昨日ばあさんと関わったときもそうだったが、望は、こんなに感謝されたのは久しぶりだと思う。このじいさんとばあさんだって、丸川さんの思い付きに付き合ってるだけなのに。

もうすでに、二階の見通しを悪くするような枝のほとんどは刈り終わっていて、腕を上げたら届く程度の枝ばかりになっていたので、高枝切りバサミではやりにくいかもと感じた望は、ドアホン越しにその旨を伝えると、わかりました、普通の剪定《せんてい》バサミを持って行きます、とじいさんは答えた。

高枝切りバサミを門扉のはまった塀に立てかけて待っていると、またじいさんが出てきて、すみません、ありがとうございます、と剪定バサミとペットボトルのジャスミン茶を渡してきた。望は、なぜジャスミン茶なんだろうと不思議に思い、それを口にして良いものか数秒迷って、でもこのじいさんにならいいだろう、と思い至った。このじいさんは自分に負い目があるから答えるだろう、という算段があったのが理由だけれども、むしろ自然にたずねてしまったようでもあった。

「なんでジャスミン茶なんですか？　だいたい緑茶とかほうじ茶なのに」

「そういうのは家で淹れられますけど、ジャスミン茶は買わないといけないから、ペットボトルで家に置いてるんですよ」

家内は今好きなドラマを観てるし、私の淹れたのじゃ失礼かなとも思いましたし、とじいさんは説明する。じいさんもじいさんなりにいろいろ考えてるんだな、たかがおれとのやりとりで、と望は思う。

じいさんは家に戻り、望は刈り込みの仕上げをする。あと二十分もハサミを動かせば終わるだろう。これで三千円と牛すじの煮込みを保存容器いっぱいもらったんなら安いものだと思う。

　どんどん刈っていくあまり、貧相になりすぎてやしないかと少し離れていろんな角度から植え込みを確認していると、突き当たりから二番目にあるターゲットの家が目に入った。周囲には誰もいなかったが、あやしまれてはいけないので凝視したりしないよう心がけながら観察する。二階には少しだけ洗濯物が干してある。小学生の女の子のブラウスが二着と、医療関係者が着るような制服が、女物と男物の一着ずつ。

　望は、さらおうと思っていた女の子のものと思われるくすんだ白いブラウスを眺めながら、不甲斐ないような、しかし一時的に重荷から逃げられているような複雑な気分になる。逃亡犯のニュースのせいで中断があったが、誘拐をしたいのはしたい、と思う。したいのはしたい、というか、しなければならない。自分が社会から押し付けられている不全感の解消のためには、そのぐらい奪わなければ釣り合いがとれない。

　だから来週か再来週の金曜日にまた休みを取って、同じ計画を実行する。今度は何と言うのか。施設にいる父親に会いに行くとでも言うのか。望の母親は、望が高校を卒業すると同時に離婚して郷里に帰り、母親より十五歳年上の父親は、それからすぐに体調も精神も崩して、老人保健施設に入っている。父親とは仲が悪かったので、望は三か月に一度も会いに行かない。両親の間にも愛情はなかった。母親は生活のために父親と長い間結婚したままでいて、郷里の親ときょうだいが相次いで死んで、思いのほか遺産を相続できそうだとなるとすぐに離婚を決めて父親と望の元から去った。

誘拐をしたいのはしたいってどういうことだ、しなければならないことだろう、それは権利だろう、と改めて自分の心境のあいまいさを疑問に思いながら、笠原家の植え込みの木をそこそこのところまで仕上げ、刈り取った枝を捨てるためのゴミ袋をもらいに、またドアホンを押す。今度はばあさんが出てきて「そのへんに集めておいてくださったら、私どもで後片付けはやりますよ」と言うのだが、今家に帰っても特にやることはないので、自分がやりますよ、と望は申し出た。

この老夫婦に良いイメージを植え付けておくのも悪くないという計算もあった。自分が事を起こして疑われたときに、役に立ってくれるかもしれない。ドアホン越しのばあさんは、すみませんね、じゃあ持って行きます、と言って、すぐにゴミ袋を持って玄関に出てきた。

昨日から植え込みの隅にためていた枝をゴミ袋に入れていきながら、ばあさんが持ってきた二枚のゴミ袋では足りないことに望は気付いて、またドアホンでばあさんを呼び出してその旨を告げると「それが今家にある全部だから、買ってきます」とばあさんは言った。望は、ゴミ袋を売っているスーパーにしろコンビニにしろ、ばあさんの足ではどれだけ急いでも片道十分以上はかかるし、その往復を待っているのも面倒だと判断して「うちにあるのを持ってきます」と申し出た。

笠原家の隣の自宅に戻り、望は玄関を上がってすぐの廊下の納戸を開ける。上下二段に仕切られた収納スペースは、母親が出ていっていったんは空っぽになったが、また望の通販物でいっぱいになっている。ほとんどが未開封で、配送の段ボール箱に入ったままのものも半分ほどある。扉の裏には、着物を着た布宮エリザの等身大のスティックポスターが貼ってあった。一昨年発売したフィギュアの購入特典で、まだ複数買いに抵抗がない頃に発売されたもので二つ購入したため、そのポスターは二枚持っている。きわどい水着のものがその前の特典であったのと比べると、露出らしい露出がなく、着物もなんだか地味だしつまらないポスターだと思いながらも、扉の大きさにぴったりだったのでなんとなく貼ったのだが、扉を開けて目にするたびに、色は地味だが複雑で味わい深い模様の着物をうれしそうに着こなす布宮エリザの表情がとてもいいのではないかと思うようになった。

もし誘拐に成功したら、自分もターゲットに着物を買ってやるんだろうか、と望は考える。五歳にはもうなっているだろうから、七歳の七五三や、正月や、成人式に。けれども、楽しいはずのそんな考えも、目の前の布宮エリザの満足そうな顔を見ていると、ほとんど現実感がないように思えた。それはたとえば、上司の関口につまらないことを言われて殺してやりたいだとか、むかつく店員を殴ってやりたいだとかといった一瞬の願望のように、望の中で蒸発していった。現実感があるのは、現実には生きていない、着物を着た布宮エリザの笑顔だけだった。

あの、探したらありました、ゴミ袋、もう二枚、という声が玄関の方からしたので振り向くと、笠原のばあさんが、望が開けっ放しだった玄関の引き戸のところに立っていた。望は息を呑んだ。

このばあさんにこのポスターを見られることは予定になかったのに。

突然のことだったので、望は納戸の扉を閉めることも、自分の体でポスターをさりげなく遮《さえぎ》ることもできずにいると、引き戸のところで目を丸くしているばあさんが、あ、それは、と声をあげた。なんだよ！　いきなり入ってくんなよババア！　と望も大声で怒鳴りたかったけれども、ばあさんの次の言葉の方が一瞬速かった。

「その着物、すごくすてきですね。その絵の女の子にものすごく似合ってる」

ばあさんは一歩踏み出して目を凝らし、身を乗り出すように体を軽くかがめて、布宮エリザのポスターをじっと見ようとする。

「長崎更紗《さらさ》だと思うんですよ、それ。母の故郷の伝統的な染め物なんです」

ばあさんの話に、望は思わず布宮エリザの着ている着物の模様を眺める。象牙色の地に、紺や赤で複雑な草木や鳥の模様が丹念に描かれている。

「絵を描かれた人、すごく着物がお好きなんですね」

ばあさんは、にこにこしてそう言った後、勝手によそのうちの貼り物をのぞき込んだりしてすみません、と今更のように場違いさに気が付いた様子であやまり、望にゴミ袋を二枚渡して去っていった。

ばあさんが玄関から消えた後、望は改めて納戸の扉の裏に貼った等身大のポスターを見つめた。着物のことがわかるばあさんに真っ向からほめられて、布宮エリザの笑顔はより輝いて見える。望には、その布宮エリザの佇《たたず》まいが、これまで以上に価値のあるものに思えてくる。

自分が何かしでかしたら、ばあさんはきっとこのポスターのことを思い出すだろう、と望は考えた。自分が後ろめたいことをやりおおせても、あのばあさんはきっと彼女のことを覚えているだろう、と思った。あのばあさんは、そういう律儀なばあさんであるように思えた。

あんなアニメやゲームに縁遠そうなばあさんでも感心するぐらい、彼女には価値があるのか、と望はじっと布宮エリザのポスターを眺めた後、ゆっくりと納戸の扉を閉じる。

ならば自分は、彼女に恥じない人間でいるべきなんじゃないだろうか。自分が罪を犯すようなことを、彼女に共有させてはいけないのではないか。

布宮エリザは絵以上の存在だと望は思いたかった。自分が彼女にそれだけの力を与えたいのであれば、自分は彼女に恥をかかせるようなことをしてはいけないのではないかと、望は思い至った。

＊

パートが休みだったので、バスに乗って紅茶でも買いに行こうと正美が家を出ると、斜め前の矢島さんの家の壁に見慣れない棒が立て掛けてあるのがまず目に入った。おそらく正美の身長より高い、金属の細長い棒のようなもので、先端にはハサミ状の器具が付いている。テレビの通販番組などでしか見たことがないけれども、これは高枝切りバサミではないだろうか？　と思い至り、どうして木を植えたりしているわけではない矢島さんの家の壁にこれが立て掛けられているんだろうかと正美は考える。バスの時間までにはまだ余裕があったので、玄関の鍵を閉めてからも矢島さんの家をじっと見つめていると、長女のみづきさんがふらふらと長谷川家側の角を曲がって路地に入ってくるのが目の端に見えた。

彼女が小学四年で、まだ足元が頼りない子供であることは知っているものの、とはいえ極端に元気がなさそうだと判断した正美は、こんにちは、と声をかけてみる。みづきさんは顔を上げ、道の真ん中に立ち止まり、少しの間正美を見つめる。見たこともないような不安げな顔をしている。

「洗濯物、なくなっちゃって」

みづきさんは、自宅の二階の小さなベランダを見上げる。女の子用のブラウスが二枚と、病院の受付の人が着ているような制服が一枚干してある。事情を知らない正美からしたら洗濯物は「ある」のだが、何かがないのだろう。

「風で飛ばされたのか、わかんないんですけど、風強くないし」

「強くないですね」

みづきさんは頭を横に振って、どうしよう、と呟く。

「なくなったの、お母さんの彼氏の仕事の制服なんです。ないとお母さん、きっとものすごく怒る……」

それが姉妹やその母親の服がなくなるよりも彼女にとって致命的であることは、少し話を聞いただけの正美にも判断できた。

「よかったら一緒に探しましょうか？」

そう言いながら、おそらく穏便に事が済む早さでは見つからないのではないかと正美は直感していた。矢島さんの母親はどこにいて、いつこのことを知るのだろう。きっとそんなに先ではないだろう。

もし服が見つからなくて、似たものを調達するにしろ、この人間が住む機能以外ない住宅地ではほとんど不可能なように思えた。みづきさんに該当の物を選ばせて通販したとしても、商品がやってくるのは明日以降だろう。

正美の申し出に、みづきさんは力なくうなずいた。彼女のことをよく知っているわけではないけれども、今まででいちばん落ち込んでいる、失望している様子だと言ってもよかった。

この路地と私の家の裏の方は一通り探して、あとはあっち側なんですけれども、とみづきさんは笠原さんの側の家の並びを指さす。正美は、もう一度矢島さんの家を見て、ああ、と思わず声を上げた。

もしかして、洗濯物は誰かが持って行ったのではないか？　今矢島さんの家の壁に立てかけてある、どこからか現れた高枝切りバサミを使って。

「盗まれたという可能性は考えられないでしょうか？」

正美の言葉に、みづきさんはええっと声をあげて、驚いたように正美を見上げる。

「なんで？　誰がですか？」

「いや、推測ですけど」

みづきさんにあまり心配をかけるのも良くないので、とりあえずいろんな人に行方を訊いてみましょう、と無難な提案をしながら、正美は直近で耳にした洗濯物を盗まれたというニュースがどういったシチュエーションのものだったか思い出していた。逃亡犯はボーダーのカットソー、ジーンズ、赤のクロックスを民家の庭から盗み出した。今日まではその格好で逃げて、これからは矢島家のベランダから高枝切りバサミを使って盗んだ男物の制服を着て逃げる気だったりするんじゃないか。

ありうるような気もしたし、ただの空想のようにも思えた。ただ、自分の母親の彼氏の持ち物をなくしてしまったみづきさんの不安はわかるので、正美は家からタブレットを出してきて、なくなった服がどんな色形だったかや、おおまかなサイズの聞き取りをし、通販サイトで探して自分のカートに入れた後、じゃあ、とりあえず周辺を探しに行きましょう、とみづきさんと出かけることにした。

＊

明け方の四時半に起きて午前中に朝食を食べていると、さすがに目は冴えているけれども、頭はもやがかかっているみたいだ、と千里は思いながら、紅茶の入ったマグカップを口に運ぶ。母親の薄っぺらい紅茶へのこだわりを千里は嫌っていたけれども、飲むと少し気分が良くなるのを実感したので今日だけは感謝することにする。土曜の朝の食卓には、入院している祖父とよその県で下宿している大学一年の兄以外は全員いて、人はたくさんいるけれども誰も千里に話しかけないことも楽だと思った。

「変装してるんだろ、あいつ。卑怯だよな。主婦の服盗んでさ」

主婦の服、主婦の服、と弟は、トーストとスクランブルエッグがのっている皿をフォークで叩きながら節をとって言う。小学四年の男が「主婦」と大声で口にするのは何かぞっとするものがあるなと千里は思う。十歳にもならないのにすでに言いがかりにすぎない軽蔑を表明することを知っていて、しかも自分自身はその主婦に一から十まで世話をされて甘やかされているという。根拠も一貫性もない。

「ぼこぼこに殴ってさ、けーさつに突き出してやるんだ。同じクラスのまいやとしおんとさ、捜索隊をやるんだ今日」

まいやは舞弥、しおんは詞遠と書くと千里は弟が食卓にほったらかしにしていたクラス便りで見たことがある。

「もーだめよ、危ないことは、しょうくん」

「けーさつに突き出す前にけーたいで動画撮ってそっこーアップして死ぬほどバズる、オレが足で蹴ってるところを撮ってもらう、顔面を踏みまくってやる、そしたら目と鼻から血が出て……」

「黙りなさい！」

祖母が顔を上げて弟を叱りつける。めったにないことで、祖母以外の家族全員が食事の動作を停止して肩を震わせる。

「静美《しずみ》、なんでこの子はこんなふうに食事中でもうるさいの？　どういう躾《しつけ》をしてるの？」

弟が生まれた時から一緒に住んでいるというのに、祖母は今し方弟がうるさいということを発見したかのように、千里の母親に向かって言う。いちばんの問題はうるさいことじゃなく言っていることが並外れて暴力的なことだろう、と千里は思うのだが、祖母にはうるさいことの方が気に障るようだ。

しつけ、ああ、しつけ、そうね……、と時間を稼ぐように口ごもる母親を後目《しりめ》に、父親が猛然と食事を平らげて紅茶を飲み干し、翔倫、食べ終わったんならパパとあっちの部屋で話そう、と重たい声で言う。弟は返事もせずただ低くうつむいている。父親は椅子から立ち上がって、ほら、と弟の肩を叩くけれども、弟はさきほどまくし立てていたのとは別人のように無言で体を捩《よじ》って拒む。千里はその後ろ向きな変わり身の早さにただうんざりする。姉は見て見ぬ振りをしている。

「頼むからこっちへ来てくれ。パパと話してくれ」

父親が弟の顔を覗き込みながらそう言うと、弟はやっと弱々しくうなずいて椅子から降りる。弟が弱い者いじめが大好きなのは、いったい誰に似たのだろう、と千里は思う。自分の中にもその可能性のある血が流れていることに、千里は少しぞっとする。

口を開けて部外者のような顔付きで夫と息子が部屋から出ていく様子を見守っていた母親に、祖母は、話は終わってないわよ、と鋭い声で言う。

「なんであんなにうるさいの？」

祖母は工事がうるさいとでもいうような口調でたずねる。

「わかりません」

母親は教室で先生に当てられて答えがわからない生徒のように答える。姉は何も言わずに、自分の食器を持って席を立つ。祖母と母親と自分の三人が食卓に取り残されることを、千里は気まずく思いながら、あまり食べたくもないトーストの残りを喉の奥に詰め込む。一刻も早くこの場から離れたい、と思いながらマグカップを傾けていると、千里は私と一緒にいなさい、と祖母はこちらを見ずに言った。

「ピアノの練習をしないと……」

「それと家族とどちらが大事なの」

「明日の夕方授業なんだよ、お祖母ちゃんは知らないかもしれないけど」

「練習は明日にしなさい」

千里は、何か助けになるようなことを言ってくれないかと母親の方を一応見るのだが、母親はほとんど意に介さない様子で、自分のティーカップに紅茶を注いでいる。

どうして自分なんだ、ということを千里は訊きたくても訊けないのだが、わからないでもないような気がする。祖母が近くに置くのに、母親では手応えがないし姉では硬直しきっているのだろう。自分の言葉を十全に呑み込ませるには、この家族の中では千里ぐらいがちょうどいいのだ。

祖母の食事が終わると、こっちに来なさい、と千里は玄関の脇の応接間へと呼ばれる。会社が家族経営だった頃はここで商談をしたりしたらしいけれども、今は会社の方に専用の部屋がある。祖母は奥の側のソファに腰掛け、千里はドアの側に座る。千里が小学校の低学年だった頃、座る場所の序列について祖母に注意されたことがあるのを覚えているので、反射的に千里はドアの側を選ぶ。

「お昼からお祖父《じい》ちゃんのお見舞いに行かない？」

「今日は行かない。眠い」

千里は下を向いてあくびをする。祖母はその返答で機嫌を損ねることはなかったが、代わりに鋭い指摘をしてくる。

「じゃあ朝早く起きてお向かいの家に行ったのは何の理由があって？」

千里は肩をびくつかせる。笠原さんの家に見張りに行ったことについて、家族をだますつもりはなかったけれども、特に打ち明ける気もなかったので、まずいところを見られてしまったと思う。同時に、家の雨戸を閉めて光や家の中の様子を外に漏らさないことに強くこだわる祖母が、どうして千里が朝早く笠原さんの家に行ったことを知っているのだろうとも思う。祖母はこの家のちょっとした物音のことも知っていて、誰かがこっそり明け方に出ていったら、いちいち雨戸を少しだけ開けて確認するのだろうか。

「翔倫が言ってた逃亡犯がこのへんに来ないか見張りに行ったんだよ。丸川さんのお父さんがこのあたりの人を誘って回ってて、お母さんが気が進まなそうだったから代わりに行ったの」

望み通り説明したというのに、祖母が何も言わずにじっとこちらを見ていることに千里は不安を覚える。そういう駆け引きをして有利に事を運ぼうとする人なんだとわかっていても、千里は反射的に話すことを探してしまう。

「家族を守りたかったんで」

うそだったし、祖母は見抜いて何か棘《とげ》のあることを言ってくるだろうと千里は身構えたのだが、意外にも祖母は薄く微笑《ほほえ》んだだけだった。

「早く捕まらないかしら。本当に迷惑だわ」

「そうですね」

千里は耐えきれずに、またうつむいてあくびをする。緊張を強いられながら眠気を感じるのはひどい苦痛だった。

「眠そうね」祖母にそう言われると、千里は一瞬この場から逃げられることを期待したのだが、祖母は予想外のことを口にした。「だったら私が話をしてあげましょう」

そんなものはいらない、と千里の冷静な部分は反論したのだが、祖母にそんなことを言われたのは初めてだったので、好奇心が頭をもたげるのも感じた。話ってなんだ。祖母の身の回りの話か、昔話か、それともまったく関係のないおとぎ話か。

「あなたのお祖父さんはね、学歴を詐称してたのよ」

祖父が隣の府県の国内でも最高の偏差値の国立大の建築学科を出ているという話は母親から聞いたことがあったのだが、千里はこれまで気に留めたことはなかった。自分の肩口が狭まってこわばるのを感じながら、祖母が突然そんな話をし始めた意図を考えるのだが、まったくわからない。お祖父ちゃんのお見舞いに行こうと祖母は昨日も今日も言ってきたのに、なぜそんな祖父にとって不名誉な話を始めるのか。

「私がそれをさせたのよ。能のない人だったから。この家は昔、潰れかけの工務店でね。まずそこから始めたのよ。近所で仕事をしたら本当のことがわかってしまうから、少し遠いところで仕事を取ってね」

いろんなやってない工事もやったって言い張って実績にして、と祖母は続ける。懺悔《ざんげ》したいのだろうか、と千里は一瞬考えるけれども、祖母はいつものように堂々としている。千里はその姿を見ていられなくなって、応接間の隅に観葉植物として置かれているトラノオに視線をやる。

「あなたは私たちのことを非難がましく思ったかもしれないけど、この暮らしができるのは、必死に働いてきた私たちのおかげですからね」

ピアノを弾けることも、大きい家で何不自由なく暮らせることも、と祖母は付け加える。

大きい家か、と千里は思う。一応大きい家だ。隣と裏手が金に困ったのに乗じて建物を手に入れて無理につなげた、いびつな家だ。部屋数は多いけれども、三分の一は家族の物置になっている。母親と兄がとにかく物を買うのだ。兄は下宿先から着払いで買った物を送ってきて、母親に保管を頼んでいる。

「お祖父さんを支えて、家を守って、いい人生だったと思うわ。隣の家のおばあさんを見てみなさいよ」祖母は隣の真下さんの家の方向を向いて、両目を眇める。「私と同い年なのよ。年取ってできたたった一人の息子を大学に出しただけで老《ふ》け込んで、夫も亡くして」

千里は、登校するときにときどき見かける、母親がはみ出して置いたゴミを黙々とこちらの側に押し戻しているおばあさんのことを思い出す。ゴミのことはどうしたらいいのかわからないまま、おはようございます、と声をかけると、ゆっくりと顔を上げて、おはようございます、と丁寧に会釈する。そういえば、一年ぐらい前に実家に帰ってきた真下さんの息子さんは、千里の祖父が卒業したと詐称していた大学を出ているという話を聞いたことがある。

「それと比べたら、幸せだと思わない？」

「思います」

千里は、自分が思う答えではなく祖母が望むであろう答えを言う。どうして祖母が突然自分にこんな話を始めたのか、千里には相変わらずわからないのだが、祖母が今誰かを強く必要としているということはわかる。千里にとっては、こんなことは初めてだった。一人にしたらきっと、そのことを咎めるのを通り越して恨むだろう。千里を許さないだろう。ある土曜日に話を聞かなかっただけで。

不安なのかもしれない、と千里は思う。いつもは祖母は落ち着いていて、その性格や考えを剝き出しにすることはまずないのだけど、逃亡犯が近くにいるかもしれないということで精神的に波立っているのかもしれない。それを自分でどうすることもできないから、千里をつかまえたのだろう。

祖母が口にした幸せということについて、千里はもはや眠気を感じなくなってきた頭で考える。千里の母親と同じように四人の子供を産んで、末っ子である千里の母親と暮らしている祖母。東京に暮らすいちばん年上の伯父さんと千里は一度も会ったことがなく、結婚しているかどうかもわからない。二番目の伯母さんは独身で働いて暮らしているけれども、月に一度ぐらい帰ってきては祖母に大声で文句を言う。千里や他の兄弟に対しては無害で、変に小遣いをくれようとしたり、不自然な気遣いをすることもある。妹である千里の母親に対する態度は冷たいし、母親も姉を嫌っている。三番目の伯父さんは中国で結婚して、千里とは二度しか会ったことがない。仲の悪いきょうだい、というか、親と仲の悪い子供たちだった。千里の母親は同居しているが、母親が祖母や祖父を好きかどうかは知らない。祖父を見舞いにも行かないし、祖母はひたすら萎縮の対象であるように見える。

とはいえ、本人が幸せだと言うのなら幸せなのだろう、と千里は思おうとする。祖母が積み上げてきたものの恩恵にあずかって生活をしている以上、とやかく言う筋合いもないのかもしれない。

それでも、自分は望んだり選んだりしてこの家に生まれたわけじゃないと思う。千里は、伯母さんがまったく同じことを祖母に怒鳴っていたなと思い出す。

「うまくやることよ、千里。幸せになるには」

「はい」

祖母が逃亡犯に対して不安がっているということに付き合っていたつもりなのに、どうして祖母が考えた幸せになる方法を聞いているのだろう、と千里は思う。本当は、逃亡犯は何をするかわからなくて怖いね、という話をすべきなのではないか。けれども祖母は一向にそういう話をせず、自分の思う成功の話をする。千里は、めったに他人に興味を示さない祖母が、逃亡犯という偶発的な存在をこの数日だけでも中心において行動することについて知りたくなった。

祖母は何がそんなに逃亡犯が怖いのだろう。「幸せ」が壊されるから？　でも逃亡犯はそんな予告はしていないはずだ。だいたい、千里の知る限りでは、この家は逃亡犯とは何の関係もない。

「お祖母ちゃんは逃亡犯にすごく興味があるよね。なんで？」

怖がっている、とは言わないことを千里は心がける。祖母のプライドに傷を付けるような気がしたから。

千里の言葉に、祖母は軽く腰を上げてソファに座り直す。優雅な所作だと千里は思う。私たちは誰も祖母に似ていない。きっと祖母はそのことを不満に思っているだろう。それとも、中国にいる伯父さんの子供か誰かが祖母に似ているのかもしれない。

「あの家は隣町の小さい工務店だったのよ。二代やってるっていう信頼だけが頼りの。かつかつで回して、一つばかり仕事が取れなかっただけで資金繰りができなくなって倒産した。景気が悪かったしね」

「そうなのか。うちと同じ業種だね」

千里がそう呟くと祖母は怖い目で千里を睨んだ。自分は何かまずいことを言ったのだろうかと思うけれども、それが何かはわからない。祖母は間違いなく教えてもくれないだろう。

祖母が逃亡犯をどう思っているのかについて知りたいと思う反面、部屋に帰りたい、と千里は強く思った。祖母が何か不安を感じているのは間違いない。でも、だからといって、威圧したり諭したり、意のままにできる相手を近くに置いて好きに振る舞う道理はない。祖母や祖父の築いてきたものに千里が養われているとしても。

「あげく、娘はお父さんが属してた登山サークルの金を横領してた。十年も。そんなに時間をかけて額はたった一千万」

千里は、祖母が逃亡犯の罪状そのものではなく、横領した金額の小ささを嘲《あざけ》っていることに小さく恐れを感じる。不正に怒っているのではなく、自分の夫やその他の会員から盗んだ額の小ささをばかにしているのだ。

「もう寝るね、お祖母ちゃん、私……」

「ここにいなさい」腰を浮かせかけた千里を、祖母は制止する。「私を守りなさい」

千里は眉根を歪めて祖母を見遣る。母親に来てほしいと思った。でも来なかった。

「家族を守りたいんでしょ?」

「わからなくなりました」

千里は目を逸らした。品のいいスカートの上に置かれた祖母の手は、中指の先まで固く緊張していて、手の甲はとても老《お》いていた。

おどおどしたり必要以上に周りを見たりするとあやしまれるので、顔を上げて背筋を伸ばして堂々と病院の廊下を早足で歩いた。真下耕市の家がある路地の別の家から盗んだ男物の医療用ユニフォームは、自分には少しだけ大きく、腕を軽くまくっているのはよくあることだろうけれども、足元を折り上げているのはたぶん不自然だろうから、できれば下を見られたくないなと日置昭子は思った。

新たな服を盗んだ後は、コンビニでハサミを万引きして公園のトイレで髪を切った。そんなことをした程度で自分が男に見えるかどうかはあやしかったが、やってみるしかなかった。

病棟の廊下をまっすぐに歩きながら、病室の名札に素早く目を走らせて、父親の名前を探した。掲示板には自分自身に関する注意喚起のビラが貼られていたが、昭子は眉一つ動かさなかった。

このままいけば父親には会えるだろう、と昭子は確信した。恵一ははっきりと病院の名前を手紙に書き送ってきたわけではなかったが、お見舞いの帰りに一緒に住んでいる叔母と寄って、相変わらずおいしかったと書き送ってきた住宅地の中の洋食屋は、最寄り駅とは逆の方向だったので徒歩で行き帰りしたことが予想されたし、昔から日置家にとって病院といえばこの市立病院だった。父や叔母がべつの発想をするとも思えなかった。

父に会って自分がどんな思いをするのかは、もう飽き飽きするほど想像した。刑務所での生活の中で何度も想定問答のようなことをしていたので、昭子の関心はどちらかというと父に会った後のことに集中していた。

脱走に協力してくれた峠坂《とうげさか》さんは、神戸にいる自分の娘に手紙を渡して欲しいと言っていた。糖尿病を患っている峠坂さんは、この一年で急速に脚が悪くなり、何度か転ぶ中で脳震盪《のうしんとう》を二回以上起こしている疑いがあると刑務所付きの医師に言われたので、自分が娘のことを忘れてしまうのではないかとひどく恐れていた。半官半民の団体職員だったが、娘が十五歳の時に横領で逮捕された峠坂さんは、それ以来娘とは一度も話していないらしい。手紙を出しても、必ず受取人拒否で戻ってくるという。

不倫していた夫は、別の十七歳年下の女性と再婚した。横領に手を染めたのは、夫の不倫による無力感が原因だったという。帳簿の不正をしている瞬間のスリルと、それがうまくいった時の達成感だけが、夫の事を忘れさせてくれた。峠坂さんが横領した額は一億だ。昭子の十倍だった。峠坂さんと昭子の気が合ったのは、目的が横領そのものにあり、盗んだ金を一銭も使わなかった、使えなかったという共通点があったからだ。

おとといの昼食の時間、峠坂さんは医師から処方されたブドウ糖を昭子に預け、低血糖をわざと起こし、所内でも最も神経質で諍《いさか》いを起こしやすい若い女の子のトレーの上に倒れた。峠坂さんは、意識が朦朧《もうろう》とする中、女の子に襟首をつかまれて怒鳴りつけられながら、私なんかよりあの子を殴れば、と女の子の斜め後ろに座っていた元薬物中毒でやはりすぐに激高する、昭子と同い年の女を指さした。あんたのことブスだって言ってたよ。ブスだから男の詐欺に協力したんでしょって。そうしないと男の気が引けないからって。

女の子は峠坂さんを放り出し、峠坂さんが指さした女を殴ろうと飛びかかり、女は、いいかげんなこと言うなよ！と峠坂さんを蹴ろうとして、誰かがそれを止めて、近くの席の昭子がその人の肩口を小突き、誰かが昭子の頭を殴ったので、食堂で乱闘が勃発した。

どんどん寄りついてくる人々の体のどこかを、ひどい痛みは感じない程度に、しかし殴られたとは必ずわかるような強さで叩いて混乱を助長しながら、昭子は人間の体の波の中を這うように外周へと移動した。声を上げて騒ぎを止めようとやってくる刑務官の数を数え、棟に常駐しているほぼ全員がやってきていることを確認すると、昭子は廊下へと出て、誰もいなくなった調理場にいったん入り、トラックから荷下ろしした食材を運び込むためのドアから建物の外に出た。月に一度だけ、野菜の搬入と肉の搬入が別々の時間帯になる日があって、その日だけは受刑者の食事中はそのドアが開いているのだ。そして今日がその日であることを、調理係をつとめたことがある昭子は知っていた。

それからは塀伝いに走った。大型車両が行き来する食堂の近くの裏口は、鉄の扉でふさがれていて隙がなかったが、塀が途切れる正門の近くには、桜の木が数本植わっている。門の左側にある守衛室の真裏の桜の木は、ひときわ背が高かった。

目星をつけていた桜の木に辿り着くと、昭子は木に登って塀の上へと跳んだ。木に登ったのは小学三年以来だった。昭子はもともと痩せていたが、刑務所の生活でさらに体重が落ちていたので、枝はなんとか数秒もってくれて、昭子は塀に跳び移ることに成功した。跳ぶ瞬間、枝が折れる音がした。失敗してもどうせ痛い目を見て刑期が延びるだけだ、と昭子は思った。どうでもいい。所内では模範的という評価を受けていたが、それが潰《つい》えたってまたやりなおすだけだ。

全力で走って刑務所から離れた後は、自分が何を着ているのかなどまったく素知らぬ顔をして人けのない住宅地に入り、庭に干されていた洗濯物と履き物を盗んで着替えた。刑務所の所在地が、比較的戸締まりの意識が緩い田園地帯で良かったと思った。

それから一番近い停留所でバスに乗り、駅を目指した。金は、脱走を決めたその日に、会計係から小銭を引き出した。全額だとあやしまれると思ったので、シャンプーの購入代金だと思われる程度の額にした。逃亡資金としては甚《はなは》だ心許なかったが、そもそも逃げ切るつもりなどなかったし、自分自身の目的に関しては、二日もてばなんとかなると思っていた。

問題は、神戸にいるという峠坂さんの娘の所にどうやって行くかだったけれども、父親に会えさえすれば現金が手に入るのではないかと昭子は考えていた。もちろんお金のない人なのはよくわかっていたが、病院内で日用品を買う程度の小銭は持っているだろう。それがなんとか片道分になりさえすればいいのだ。峠坂さんの頼みを果したら、昭子はその足で出頭するつもりだった。

ずっと頼りなかった父親を、ここへ来て金蔓《かねづる》と見做《みな》していることを昭子は内心で笑った。脱走二日目である昨日の夜を過ごした、大きな家の庭にある倉庫のような住居のような一部屋の建物には、なぜかテレビやエアコンや空気清浄機があって、もしかしてこれをリサイクルショップなどで売り払ったら資金になるのではないかと考えたけれども、テレビを売るような額は自分は必要とはしていないし、危険が多いと判断してやめた。

このあたりにしては広い庭に、倉庫のような離れのようなものがある不思議な家だった。資産家だという話は聞いたことがないけれども、昔からそこに住んでいる良い家系の家だとは聞いたことがある。庭にはブロック塀を登って侵入した。倉庫のドアにはダイヤル式の南京錠のようなものがかかっていたが、セットは初期設定の000のままだったので、運良く屋根のあるところで少しだけ横になって眠ることができた。

　ちなみに脱走した当日は、住宅地の電気が点いていない家が二つ並んでいる所を探し、その隙間に入って座って寝た。目を覚ますと、峠坂さんが預けてくれたブドウ糖を半分だけ舐めて朝食にした。それからは、どうしても空腹に耐えられなければ、駅で取ってきたトイレットペーパーを嚙んで少し飲み込み、公園の植え込みに咲いていたツツジの花をむしって食べた。峠坂さんのブドウ糖はあと半分残っている。

　病棟の廊下を我が物顔ですたすた歩きながら、昭子は内心焦り始めていた。病室が正確にあといくつあるのかは知らないけれども、一階から上がっていって二階、三階、四階と来て、残るフロアは少なくなっていた。昭子自身もよく連れてこられたこの市立病院の入院患者用の病棟は五階建てだった。

　四階から五階に上がり、ホールから廊下の様子をうかがうと、制服姿の警官が二人、奥の病室の前に立っていたので、昭子はいったん階段の方へ戻った。おそらくあそこに父親がいるのだと思った。

　そりゃそうだろう。すでに縁は切れているとはいえ、実の父親には見張りぐらい付くだろう。病室の中にも警官がいるかもしれないけれども、まずはあの二人をどうしようか、と階段のホールで考えていると、エレベーターから大学生ぐらいの若い女の子が出てきて、警官の方に向かっていくのが見えた。女の子は、警官の片方に何事か熱心に話しかけていたのだが、警官は首を横に振って取り合おうとしていないことが窺えた。ほんの少しだけ、どんな子供だったかを聞きたいだけなんですが、と女は訴えるのだが、警官は、何かとりつくしまのないことを言って女の子を追い返そうとしているようだった。

女の子はいったん諦めた様子でその場を離れて、階段のホールの方へ歩いてくるので、昭子は出ていって、こんにちは、と低い声を作って話しかけた。

「少しだけご相談があって」

「何ですか？」

警官のうちの一人がこちらを一瞥したかと思うと、また正面を向く。昭子は、女の子を階段のあるホールに入るように促す。

「マスコミの方ですか？」

男の格好をしているのに女のような声を出す人物に、彼女は訝るような視線を向けた後、軽く目を逸らしてライターの卵です、学生ですけど、と言った。

「あの病室にいる人が逃亡犯の父親だとわかってて話が聞きたいんですか？」

「そうですね。生育環境とか、どういう性格だったかとか」

そういうことがわかったら犯罪の抑止になるでしょう、と女の子は、心にもないという口調で続けた。

「あの病室の中の人が逃亡犯の父親だっていうのはどこでわかったんですか？」

「逃亡犯がこのあたりに住んでた頃の近所の人の話です。あの人がどこの小学校とか中学校に通ってたかなんてもうネットに出てるんで」

「そうですか」

自分がこんな面識もない若い女の子から「あの人」と呼ばれているのは不思議な気がした。自分はもう有名で、追われているのだ、と昭子は改めて思った。

「私はあなたが話したい人間の娘なんですけど」昭子が言うと、女の子は目を見開いてすっと息を吸う。察しがいい。「つまり、おとどい刑務所を逃げ出してきた者なんですけど、私の頼みを少しだけ聞いてもらえたら、いろんな事をお話ししますよ」

聞かれるままに、と昭子は手の甲を天井に向けて、軽やかに自分の方に振ってみせる。頼みも話すことも、お互いにとってまったく造作のないことだとでも言うように。

「あなたにだけ話したらすぐ出頭します」

あなただけにね、と昭子は付け加える。

嘘だった。もう自分は長いこと嘘をついたり隠し事をしすぎて、ほとんど何も感じなくなっている、と昭子は思った。女の子は、一瞬目を輝かせたものの、昭子から飛び退くように離れてバッグの中を探って、廊下の方と昭子を見比べた。昭子は両手を軽く上げ、殊勝な顔を繕って話し始めた。

「スタンガン？　それともスプレーか、携帯ですか？　私はけちな横領犯だし、暴力に訴えたりはしません。喧嘩したらあなたに負けますよ、たぶん」女の子が、大きくまばたきをして昭子の顔を見つめていた。地味な顔、印象に残らない顔、無害そうな顔であることに、昭子は自信があった。「ただ、父の容態が危ないと聞いて、どうしても会いたくて、脱走したんです」

昭子は両手を下ろし、眉根を寄せて悲しげな表情を作りながら目を伏せる。暴力に訴えないことや、父親に会うために脱走したのは本当だった。

「もし私の願いを聞き入れていただけるんなら、おたずねしたいことを話しますよ」

すべてを話すかはわからないけれども。

二十二年前、ある会社の自社ビルの工事が、契約直前に反故《ほご》になった。もう少し安くやってくれる業者が突然現れたから、というのが、発注元の言い分だった。反故にされた業者と発注元は、それまで付き合いがなかったため、発注元は何のためらいもなく安い方と仕事をした。元の業者の見積もりの金額と新しい業者の提示した金額があまりに近かったので、おそらく何かが起こって金額が外部に漏れたことが推測される。そんな小さな話に、若い彼女が興味を持つとは思えなかった。

その仕事に会社の再建を賭けていたのに、工事金額が外部に漏れて倒産に追い込まれた業者の社長が父親で、割り込んだ業者は真下耕市の隣の家に住んでいる長谷川家の会社だった。

どうやってあの時の金額が流出したのか？　それが昭子の二十二年間にわたる疑問だった。母親はまったくわからないと言っていたし、父親は何一つ話してくれなかった。両親は離婚し、昭子を引き取った母親はもともと心身共に弱かった上に酒に溺れ、昭子が高校を卒業する年に亡くなった。

「本当に、私が訊きたいことを話し終わったら出頭するんですか？」

「はい」

昭子は、意識して頭を空っぽにしてうなずいた。ついている嘘について何も考えなければ、嘘が相手にわかる可能性はほとんどないということを、昭子は学んでいた。相手と接している間だけ、嘘という概念はこの世に存在しないということを信じるのだ。実際、昭子は対面で嘘がばれたことは一度もなかった。働いていた社交団体の中の登山サークルの事務局では、登山用品の購入代行を引き受けながら、国内の正規メーカーが流通させているものではなく並行輸入品や巧妙な偽ブランド品をメンバーに渡したり、登山やトレッキングのツアーの交通費や宿泊代金の手配を担当して、受け取った金より安いチケットや宿のプランを予約することで代金との差額を着服していた。ばれたのは異常なけちとして有名なあるメンバーの妻が、自分が美容用品を一円でも安く買うためにアカウントを作っていた海外のショッピングサイトでの方が夫が普段買っているものが一時的なセールで安かったということに気付いてしつこく文句を言ってきたことからだった。それをきっかけに、昭子が取り扱ったさまざまな商品やサービスの価格の見直しが行われ、メンバーへの請求代金と購入価格の差額を昭子が着服していたことが発覚した。

正価の半額以下の並行輸入品を渡す時にも、偽ブランド品を渡す時にも、安めに予約した電車やバスや宿を仲介する時も、あやしまれたことは一度もなかった。日置さんは欲しいものをすぐに見つけてくれるし、交通手段も最適なのを選んでくれてありがたいよ、と言うメンバーさえいた。昭子は実際、代替の品物やサービスの質にはこだわっていた。あまりに粗悪なものを提供したら自分の身が危ないという以上の、妙な使命感があった。

「どうしたらいいんでしょうか?」

「そうですね」昭子は、一秒だけ廊下に頭を出して二人の警官の姿を確認し、少し考える。「あの二人にもう一度絡みに行ってください。片方だけじゃなくて、二人ともに同じだけずつ話しかけて、注意を引いてください」

できれば、動きながら活発に話しかけて、二人の体勢を崩してください。二人の体が廊下の奥の側に向いて、病室のドアに背を向けるような体勢になれば満点です。

昭子の提案に、女の子も考えを巡らせるような様子で頭を傾け、やがて顔を上げる。

「じゃあ、突き当たりまでいったん行って、そちらの方から話しかければいいかもしれませんね」

「いいと思います」

彼女はこの状況を楽しみ始めているんではないか、ということを昭子は察知する。この人がここにいて運が良かったかもしれない、と昭子は思う。

「なんて言えばいいと思いますか？」

「そうですね、私なら……。授業のために取材の申し込みをしたいと言っただけなのに、あなたたちに腕をつかまれて怒鳴られたと言いふらすと言いますね。取り乱しながら」

「彼氏の父親は警察のえらい人なんだ、とか言って？」

昭子は、それは少し嘘くさい、と思ったけれども、彼女は悪くないアイデアだと考えている様子なので、それもありですね、と答える。

「それで自分で自分の腕を強くつかみながら、誰かに見せるって言えばいいんだ」

「いいと思います」

こちらに都合のいい混乱が起こせたら何でもいい。二人の警官の視線が数秒、最低でも二秒、病室のドアから外れたら中に入れる。

「私も用事は手早く済ませますが、できるだけ会話を引き延ばしてください。病室に入ることもですが、出ることにも成功しないといけないんで」

「わかりました。待ち合わせはどうしますか？」

昭子は少し考えて、病院の一階の売店の中を指定した。何かあった後だと出入り口にもすでに人がいるかもしれないので、まずは建物から出ない方がよいと思った。

じゃあ行きますね、と若い女は背を伸ばして廊下に出ていった。あのぐらいの年頃の女の子特有の、硬くて威圧的な靴裏の音が響きわたる。こんなことに利用してごめんなさいね、と昭子は思う。前途有望に見えるし自分でもそれをわかってるって感じだよね。私の頼みもちゃんとこなしてくれそうだしね。

ねえ！　本当にだめなんですか？　という大きな声が聞こえる。私、みんなの役に立ちたくてお話を聞きたいだけなんです！　それを否定するんですか？　声は遠ざかっていく。昭子はゆっくりとまばたきをして、彼女がどの程度遠ざかったかを予想する。警官が何かいさめるようなことを言っているのが聞こえるが、彼女はそれの三倍ぐらいの音量で話し続ける。

「どうかお願いします！」

声がだいぶ離れたような気がしたので、昭子は階段のホールから少しだけ顔を出して廊下の様子を見る。女の子は指示通り、廊下の奥の壁を背にして二人の警官に交互に話しかけている。

いつまでもここにいるわけにもいかない。すぐに誰かが通って、昭子の違和感に気付くだろう。現にこの場所の斜め前にある看護師の詰め所のようなところでパソコンに向かっている女性が、ちらりとこちらを見たような気がした。

「営利でも何でもないし、授業で発表するだけなのに！」

女の子はさらに声を出す。警官の一人が、説得しようと一歩進み出ると、彼女はもう一人の方に、どう思われますか？　と話を振る。

「あなたたちのそういう威圧的な態度が、犯罪を生み出すんです！」

頼もしいな。にしてもよく言うよ。

頃合いだと見て取った昭子は、平然とした顔付きで廊下に出て、そのまま早足で静かに父親がいると思われる病室へと向かった。廊下の奥にいる女の子も警官も見なかった。

四人部屋の名札には、父親の名前があった。

検温です、と言いながらドアを開ける昭子の声は、私のお父さんもお母さんもこんなことのために税金を払ってるんじゃないのにひどい！　という廊下からの声でかき消された。

父親は、出入り口の手前の仕切りの中で寝ていた。目を開けていて、外の混乱を視線だけで追っている父親の顔を見て、起きてて手間が省けた、と昭子は思った。

「しゃべれる？」

「……ああ」

「娘の昭子だけど、手短に訊きたいことがあってね」

父親は、眉間に皺を寄せて目をぎゅっとつむる。顔の筋肉がそこに集まって、こけた頬がよけいに痩せて見える。弱さで人を振り回すのはやめろ、と昭子は声を荒らげたくなるけれども、冷蔵庫が目に入ったので一も二もなく開ける。中にはりんごと、みかんのゼリーが入っていたので、まずゼリーのフィルムを剝いて、すするようにがつがつと食べる。数秒で食べた。死ぬほどうまかった。りんごも食べてしまいたかったが、次の機会にとっておいた方がよいような気がした。

「帰んなさい」

父親の声は、昭子がゴミ箱にゼリーの容器を捨てる音に半ばかき消される。

「訊きたいことを訊いたらすぐにでも捕まる」

「何を訊きたいんだ」

「二十二年前の工事の金額がなんで漏れたんだってこと」父親の顔が、ますます苦痛そうに歪んでゆく。「時間がないから早く言って」

「俺が教えた。長谷川の奥さんに」

「なんで？」

「愛人だった」

昭子は奥歯を噛んで口元を歪めた。あの人は父親より二十は年上のはずだ。二十二年前でもずいぶんな年だった。それでもそんなことがあるのか。

「そういうこともあるんだよ」昭子の心中を察したように、父親は続けた。「妻の和《かず》代《よ》は体が弱い、長谷川は頭が弱い、こんな巡り合わせだったら、自分たちが一緒になった方がうまくいく、とあの奥さんは俺に言ったんだよ」

「結婚する気だったの？」

「ああ」

いずれ一緒になるつもりなら、金額を教えてくれてもいいだろうって言われたんだ、と父親は続けて、苦しそうに昭子から顔を背けた。

「どのぐらい関係を続けてたの？」

「二年。向こうから、声をかけてきた。地元の業者の、会合の帰りに……」

景気が悪かったから、あっちもどうしても仕事が欲しかったんだろう、と父親は続けた。昭子は何の感情も示さなかった。怒鳴っても殴ってもいいと思ったけれども、その時間はないことはわかっていたので、なるほどね、と呟いただけだった。

「どうするんだ？　あの人の所へ行くのか？」

「他に用事があるんだけど、顔ぐらいは見に行くかも」

ドアの向こうの廊下から、じゃあもう彼氏のお父さんに訴えます！　こんなこと言いたくなかったんだけど！　という声が聞こえる。ここにいるのは潮時だと昭子は思う。

「お金ある？」

「ないよ……。あと一時間したら女の人が来るから、その人が持ってる」

「そんなにいられるわけないでしょうよ」

これまでで最後に父親を見かけたのは、母親の葬式でのことだった。叔母と一緒にやってきて、母方の祖母に追い返されていた。母や祖母は、自分たちの一家が壊れた原因を知っていたのだろうかと昭子は思った。

「さようなら」

昭子は言った。父親は、その言葉から逃れたいとでもいうように目を閉じていた。もう一度言いたいという気持ちを抑えて、昭子はドアを開け、警官たちと若い女の言い争いには一瞥もくれず、まっすぐに階段へと歩いていった。

父親は金を持っていなかった。仕方ないな、と昭子は思った。ものすごく役に立ってくれたけど、金はあの女の子から奪うしかない。

どこで話すのかわからないし、時間もないけど、ある程度は洗いざらいの態《てい》で話そう。昭子はそう決めて、階段を降りていった。

＊

いい部屋だよね、と部屋を整えるたびに夫の朗喜とは言い合っていた。大きなテレビがあり、エアコンがあり、空気清浄機があり、背の高い空っぽの本棚が二つある。部屋の隅には真新しい電気カーペットが丸められていて、博子が自分で欲しくて買った座椅子代わりになる巨大なクッションもある。小型の冷蔵庫もある。シーリングライトの大きな照明は、明るくて電球色で暖かい。ゲーム機とベッドはすでにあるものを持ち込む予定だが、ベッドは買い直した方がよいかもしれない。自分が十二歳だったらこの部屋に住みたかった、とどちらともなく言うと、もう片方がそうだねと同意して、それから少し笑い合った。

パートから帰ってきた博子は、庭にある部屋がわりの倉庫にいた。帰ってきたと伝えに行くと、博喜は学習机に向かっていて、通信教育の課題をやっていた。今は社会の地理の分野を学習していて、すごく楽しいそうだ。もっと勉強したい？　とたずねると、うんとうなずいたので、キッチンに戻った博子は、ダイニングの椅子に座って携帯を覗き込みながら、通販サイトで難易度の高い地理の問題集と参考書を何冊か検討した後、それが収まるであろう本棚が見たくなって、庭の倉庫に行った。二か月中のものを処分するか、できないものは家の外のレンタルコンテナに移し、二か月かけて朗喜の休みのたびに夫婦でリフォームした倉庫は、快適そうに見えた。トイレの工事がまだだったが、早くこの部屋に馴染んで欲しいという気持ちもあったので、博喜にはトイレの設置より先に部屋に入ってもらおうということになった。

むしろはじめからトイレがあったらあやしむかもしれない、と博子は自分が言ったことを思い出す。後付けで、トイレがあった方が便利でしょうと設置した方が喜ぶんじゃないだろうか。工事の様子にもきっと興味を持ってくれるだろうし。言葉を重ねながら、もはや自分が心にあることを話しているのか、そうでもないのか、博子にはわからなくなっていた。

工事業者さんがこの部屋を見たとして、自分も十二歳ならここにずっといたいと思ってもらえるだろうかと博子は考える。そう思って欲しい。思わないのなら、何が足りないのか意見して欲しい。自分たち夫婦は真剣にそれに耳を傾けて改善するつもりだから。

月曜日にはこの土日ぐらいにと思っていたはずなのだが、木曜日に逃亡犯が刑務所を逃げ出して、昨日の金曜日にこのあたりに来ているかもしれないという話が広まって、土曜日の今日、結局部屋の引っ越しの実行はできていなかった。また来週の土日に延期になる。先週も同じようなことを言っていて、先々週もそうだったような気がする。また来週に延びたのなら、夫婦で力を合わせて、より博喜にとって快適な部屋を作っていくまでだ。ずっとここにいたいと思ってもらえるような。もう出たくないと思ってもらえるような。

博子は、フローリングの床にゆっくりと正座して、部屋全体を見回してみる。まだ欲しいものはないか、と十二歳の頃を思い出して自分にたずねてみるのだが、当時の自分はおろか、今の自分のことさえわからなくなっているような気がする。心の奥底は澱んで、ひどいもやが充満している。疲れている、ということだけははっきりしている。パートも大した時間数じゃないし、家事を完璧にしようとがんばっているわけでもない。たとえば大学受験に必死になっていた頃や、新卒で入った職場で仕事を覚えようとしていた時の方が肉体的にはしんどいことをしているのに、今の方が疲れている。心配は人を疲れさせる。精神に穴を空け、魂を萎《しぼ》ませる。博子は意識して大きな溜め息をつく。そうしないと、ときどき息をつめたまま、長い時間停止してしまうからだ。

夫もおそらく同じような感じだろう。この心配はいつ終わるのか。もしかしたら博喜が死ぬまで。でも絶対に、自分より先に博喜が死ぬべきではないから、自分は死ぬまでこんな感じなんだろう。

泣いた方がいいのかもしれない、と博子は自分に提案してみるけれども、もう今まで充分不安で涙を流したし、自分たちのやろうとしていることを憐れむのはむしがいいと思った。

何か音が欲しくなって、博子はテレビをつけようとしてやめる。結局、すぐ消してしまうような気がしたからだった。今はエアコンをつけるような季節でもないので、空気清浄機の電源を入れることにする。空気清浄機の一定の動作音には心を安定させる作用があるのではと思う。特に部屋の空気が汚れているという実感はないけれども、「強」のモードにしてこの部屋でじっと座っているのが好きなので、空気清浄機の横に置かれているリモコンを手に取る。電源を入れると、聞き慣れた音が流れてくるのだが、博子は数秒で、音が弱いことに気が付く。リモコンの表示を見ると、モードは「静音」になっている。なんでだろうと思う。昨日もこの部屋に入って空気清浄機を動かしたのだが、その時も「強」にしていた。この部屋に空気清浄機を入れて博子が動かした回数は数えるほどで、朗喜は特に興味がないはずだった。そして今日は朝から仕事で、昨日もこの部屋には入っていないはずだ。

博子は空気清浄機の電源を切り、立ち上がろうと腰を浮かせたのだが、照明に目がくらんでまた座ってしまう。目をつむって頭を上げたまま、このまま床の下にゆっくりと沈んでいって、そのまま消えられないものかと思う。

夫に言わなければならない。博喜か、もしくはべつの人間がこの部屋に入ったかもしれないことを。けれども体は動かなかった。精神が鉛になってしまったような気がしたし、何一つ考えたくないと思った。

やっぱり、こんな筋違いなことはやるなということなんだろうか。

自分が空気清浄機の設定を変えてしまったという可能性はあるけれども、博子にとってこの違和感は何かの兆しのように感じられた。

だからといって、もうどうしたらよいのかわからないけれども。

＊

恵一が路地の出入り口で突き当たりの家をぼんやりと見つめている所に、コンビニに行ってきたという亮太が自転車で帰ってきて、とりあえず家に上がっていくかという話になった。恵一は、ヒロピーの居所を突き止めたからといってできそうなことを思い付けないでいたので、考えを整理するためにいったん亮太の家に寄ることにした。

亮太のお父さんは、テレビとスタンドに立てたタブレットを見比べながら、食卓の椅子に座ってひたすらにんじんに千切りピーラーをかけていた。こんにちは、と恵一が挨拶すると、ああ野嶋君、こんにちは、と言ってその間だけ手を止め、またすぐにピーラーを動かし始めた。オーブンレンジからは、なにやら香ばしい匂いもする。何かを焼いているのだと思う。

階段を上りながら亮太は、あれ、逃亡犯のことやり始めてからずっとああやって情報収集してるんだけどさ、絶対どっちも頭に入ってないと思うんだよな、とぼそっと言う。

「ああいうポーズをとるのが好きなんだよ、あの人。自分自身に対して」

「そうなのか」

誰も見てないのにやってることならやっぱり本気じゃないのか、と恵一は思うのだが、今はそれが本題ではないので言わずにおく。

亮太の部屋に入ってとりあえずリュックをおろして座ると、この近所の女の子、ていうか向かいの家の女の子に、うちの洗濯物知りませんかって訊かれなかったか？と亮太も床に腰をおろしながら話しかけてきた。

「いや、話しかけられなかったよ」

「そうか、おれはコンビニの行きと帰り両方言われた」

男の人用の、病院ではたらいてる人が着る白い上下なんですけど、このへんに落ちてませんでしたか？　と亮太の向かいに住んでいる女の子はたずねてきたらしい。女の子は、亮太の隣の山崎さんと二人でこの周辺をうろうろしていて、他の通りかかった人にも同じことを訊いていたという。

「向かい、男は住んでないんだけどな。何か事情があるんだろう」

亮太はそう言って自ら一時的に納得した後、それで、なんであそこにいたんだ？と恵一にたずねてくる。恵一は少し迷った後、いや、当たってるかどうかわからないんだけどさ、と前置きをして続ける。

「ヒロピーいるだろ、トリオの仲間の」

「うん」

「もしかしたら、このへんに住んでるかもしれないんだ。おれらのタイムラインにさ、近所の写真がよくあがってて、うろついてるネコも同じような感じだったんだよ」

灰色のトラネコ、いるだろ？　と恵一がたずねると、いるな、と亮太は応える。

「それで探しにきたのか。いくつだっけ？」

「ちょい下。小学校高学年から中一ぐらいじゃないかな」

「確かに、突き当たりの家の子がそのぐらいの年だけどな。年下っていっても体はおれらよりでかいと思う。親は二人とも小さいんだけど」

「体がでかいんだ？　背が高いの？」

「いや全体的にでかい。ちょっとした相撲取りみたいかも」

「どんな子？」

「ぜんぜん知らないけど、とりあえずいやな子だと思ったことは一度もないよ」

そう言って一呼吸おいた後、あとなんか、旅好きなイメージがちょっとある、と亮太が付け加えたので、旅？　と恵一は訊き返す。

「今まで二回、絵はがきをもらったことがあるんだよ、家の前で。こんばんはって挨拶した時に」

「どこの？」

「天橋立《あまのはしだて》と東尋坊《とうじんぼう》」

地名を言われても恵一にはよくわからないのだが、よくわからないぶんすごく遠いところなんじゃないかということはなんとなくわかる。

「つい買っちゃうんだけど覚えてるからいらないや、みたいなこと言ってたな」

そういえばヒロピーは、小遣いがあるとテレビで見かけた場所につい出かけてしまう、というようなことをチャットで言っていたのを思い出す。それで親に心配をかけていることも、閉じ込められるかもしれないことの原因になっているようだ。

恵一が迷ったあげくその話をすると、亮太は腕組みをして、近所だけどよその子だしなあ……、と深く頭を傾ける。

「おまえのお父さんになんか言ってもらうとかできないか？」

「絶対にだめだろ。変に正義感出してくだらん注意の仕方して、なんかひどいことになりそうな気がする」

「でも計画がばれたってだけでプレッシャーかけられるだろ？」

「向こうが引っ越ししたら終わりだしな」

亮太は鋭く言い返して、さすがに何か恵一を無駄にやりこめてしまったと感じたのか、まあ、おやじに頼るのはもうちょっと後にしてくれ、と小さい声で言い添える。

「それかもう警察に言えばいいのか。息子を閉じ込めようとしてる親がいますよって」

「事が起こってないからなあ……」

「それでも警察かよ!」

「こっちに怒るなよ。民事不介入っていうしさ」

亮太は首をすくめる。恵一は、引き続き亮太にもこのことを考えてほしかったので、あまり自分の望む応答のみを要求するのも良くないと思い至り、少しの間自分でも考えてみることにする。

「じゃあ、事が起こったらおれらは警察に言えるのか?」

「それはそうだろうけど、そうなったらどうやっておまえは友達が閉じ込められたことを知るんだろう?」亮太は細かい疑問を呈する。やはり一人で考えているよりはいいなと恵一は思う。「おまえはゲームのチャット機能で突き当たりの家の子と連絡を取り合ってるけど、閉じ込められるようになっても続けて連絡取り合えるのかな?」

「なんで?」

「だってさ、親が携帯とかタブレット取り上げたらおしまいじゃないか。取り上げないにしても、ネットを遮断しちゃうとかさ」

「あーそうか……」

「まず話せるうちに話して欲しい情報をもらえよ」

亮太は、ずり落ちてきたメガネの太くて黒いフレームを素早く上げる。恵一は、わかった、とうなずいて携帯を出し、すでに知っている亮太の家のＷｉ‐Ｆｉネットワークにアクセスする。

ゲームを立ち上げると、ヒロピーはログイン中と出たので、恵一はすぐに話しかけることにする。あいさつもなく、閉じ込められるかもしれないって話してただろ?とたずねると、そうだな、とヒロピーは答える。

そういうことがあるとしたらいつだと思う?

わからん。でもどっかの週末だと思う。

土日?

そう。でもおとんは土曜出勤があるから日曜とか。

明日かもしれないじゃないか。

明日か。

ヒロピーの受け答えの、どこかおっとりしている様子に、恵一は珍しく苛立ちを感じる。

だめだろ、嫌だって言わないと。

そうだな、めちゃくちゃ嫌だ。

そう言った後に、ヒロピーは思い出したように、嫌だ、嫌だな、また電車に乗りたい、どっかへ行きたいんだ、と付け加える。

行き先ちゃんと言ってるのか？

言ったら反対されるからいつも黙って行く。

なんでそんなことになったんだ？

三回ぐらい出かけて連絡忘れてたら反対されるようになったんだよ。

遠くに行っちゃったら連絡ちゃんととりますからって言えよ、絶対にとりますからって。連絡があったら応えますしって。

それ、何回も言って一度も守れなかったんだよ。

守れよあほ！！！！

恵一は、入力しながら、あーもう！　と声を上げる。落ち着けよ、と隣で亮太が言う。

すまん。でもほんとに忘れちゃうんだよ。違うところに行くともうすごく楽しくてさ。そういう病気なのかもしれない。

ヒロピーはそう書き送ってきた後、少し間を置いて、よくわからないんだよな、と言う。

偉人の図鑑で、精神的な病気になって塔に幽閉されてた詩人のことを読んだんだ。親戚か、熱心なファンかがそうやって養ってたらしい。そういう生き方もあるんだろうかと思う。おれはいやだけど、でも親を苦しめたくもない。

そうか。

そうとしか言えなかったので、恵一はそう書き送る。それから数秒ほどを空けて、少し考える、と書き足す。

いいことを思いついたらすぐ連絡する。とりあえず、今日閉じ込められる気配がしたら抵抗するんだぞ、ゲームの友達と約束があるとか何とか言って。

わかった。

それから恵一とヒロピーは、機械的にその夜のリーグ戦に参加するための待ち合わせの時間を決めて、その旨を仲間のウインナーのメールボックスに送り、ログアウトした。いつもやっていることだった。亮太の言うように、これが自発的にではなく途絶える日が来るとしたらぞっとする。今日も明日も三人で勝負がしたいのだ。今は。

「どうだった?」

「なんか、迷ってる感じ」

「めちゃくちゃ抵抗するっていうんでもないのか」

「うん。親を苦しめたくないって」

「できた子だな」

「でも行き先言わずに家出ちゃって連絡もしないし返事もしないっていうのはな」

「自立心が強いんじゃないの」亮太は事も無げに言う。「親もほっとけばいいのに」

「補導されたこともあるらしいからな」

「そりゃ心配だろうけど」

亮太は自分の通学リュックからメガネケースを取り出して、中に入っているクロスでメガネを拭き始める。その間恵一は、こいつはなんかヒロピーに関する物事を簡単に考えすぎてるよな、と思いつつも、ヒロピーの両親が思い詰めすぎてるんじゃないのかということもなんとなく見えてくる。両親がヒロピーを閉じ込めようとしているという外枠だけ見ていると、親ふざけんなよ、で済むのだが、がんばって親の立場になってみると、ヒロピーは心配で心配で仕方がない息子なのかもしれない。ちょっとした相撲取りみたいで、親二人は小さい、という亮太からの外見の情報も、検討しなければいけない物事のような気がしてくる。

「抗議の意味でちょっとだけどこかに隠すとか、だめかな。すぐに親のところに返すんだけど、息子を閉じ込めるとかだめなんですからね、って言う」

「おまえが？」

「おれとおまえが。二人なら向こうの親のバレたって気持ちも倍だろ」

「どこに隠すの？」

「ここ」

「無理だってそれは、うーん無理だろ。おやじいるし。悪いけど。なんとかしてやりたいけど」亮太は大きく首を横に振りながら続ける。「他のやつに頼むにしてもさ、あんな大きい子を一人隠せるとこなんか、中学生が持ってるわけないよ」

「やっぱだめか」

「悪いけど」

亮太は、だからといって考えるのはやめない様子で、あぐらをかいて首を右に傾げたりそのまま目をつむって天井を見上げたりしながら、どうかな、などと呟いている。

「いけるかどうかわかんないけど、昨日おまえ大学生ぐらいの女の人に逃亡犯について訊きたいって声かけられたって言ってただろ？」

「うん」

「その人が一人暮らしかどうか確かめてみて、情報を持ってますって言うんだ。その代わり、人を一人預かって欲しいって」

「情報か」

「おまえなんか、ちょっとは持ってるだろ。逃亡犯の実家は倒産した塗装業者じゃなくて工務店だって言ってたし、あとなんかもう少し。昔ちょっとしゃべったとか、それで優しかったとか、でっち上げでも」

「あの人おれのいとこなんだよ」

恵一が打ち明けると、亮太は口をぽかんと開けて、恵一の顔を見つめてくる。

「早く言えよ」

「おれにはそれよりもヒロピーたちとフェスに出られるかが問題なんだよ、今んとこ」

おばさんに悪いから昭子ちゃんのことは助けられないし、そりゃ何か考えがあって逃げたんだと思うけど、と恵一は言う。

「じゃあもう親族なんですって言え。食いついてくるかもしれないぞ」

「おばさんに悪くないか？」

「おばさんのことは伏せてさ。それは言えないって強く言って。そうでなくても、いとこなんですって大きいだろ」

どうなんだろうな、と恵一は言いながら、自分のリュックから、昨日から入れっぱなしになっている、塾に行く途中で声をかけてきた女の名刺を取り出す。名前は梨木由歌といって、住所などは書いておらず、大学の名前と誰々のゼミ所属ということと、SNSのアカウント名、電話番号が書いてある。亮太に見せると、学生か、と言いながら、自分の携帯のブラウザを立ち上げて、アカウント名を検索ボックスに入力する。恵一も亮太も、SNSのたぐいはやっていない。恵一はゲームの中のチャットで充分だったし、亮太は単純にめんどうらしい。

片目をつむってスワイプしながら、ないか、なんか、と言いながら亮太は画像を確認していく。

「何見てんの？」

「一人暮らしかどうか」

なかなかだな、そりゃ用心するよな、でもなんかあるはずなんだ、と亮太はぶつぶつ言って、難しい！　と勝手に苛立つ。でもなんかこいつちょっと楽しそうだと恵一は思う。絶対に言ってはいけないが、問題に取り組んでいると生き生きするところが父親にちょっと似ているような気がするのだ。

「これか！　彼氏に急な仕事入ったので一人寂しくベランダでワイン呑みながら流星群見てます。これ一人暮らしっぽい！」

亮太は夜空にワイングラスを掲げた手の写真を見せてくる。言われてみるとそうかもしれない。

「いちかばちかで連絡してみたら良くないか?」

亮太はちょっと鼻息が荒くなっている。新しい考えを試したいようだ。恵一は、今の状況とはまったく関係なく、こいつもゲームをしたらいいのに、と思う。たぶん向いている。

恵一は、自分の携帯を取り出して、名刺に書かれている電話番号を入力する。三回コール音が鳴った後、電話に出られないのでメッセージをお願いしますという女の人の声が聞こえる。

「電話出れないって」

「いいよ、伝言残せば」

亮太が言うので、恵一は一呼吸置いて携帯に向かって自己紹介を始める。

「あのお、昨日名刺もらった中学生ですけど。逃亡犯についてなんか知ってることがあれば連絡してって言われて。それで自分は、ええと、今逃げてる人のいとこなんですけど……」

＊

隣に座ったおばあさんが、大丈夫？　とたずねてきたので、由歌は間を置いて、はい、とうなずいた。あまりに一瞬のことだったので、怖いということはなかったけれども、怒りもまだ湧いてこずにいて、心の置き所がなかった。とりあえず警察、と思いかけては、そんなことをしたら自分も何かの罪に問われるかもしれないと自分に反論することを繰り返していた。

手が大きかった、と由歌は胸に冷たいものが滞留してまったく出ていく様子がないのを感じながら、一切意味のない印象を反芻することに耽《ふけ》った。女の手とは思えない、と言うと月並みだけれども、実際そうだった。あの手が何の迷いもなく自分のバッグに入ってきた時に、由歌は確かに恐怖を感じたのだった。やはり凡庸だけれども、こんな嘘つきがいるのかということに。

「アメあるけど、いる？」

「はい」

おばあさんが角柱状の黄色いアメをくれたので、由歌は受け取って機械的に包みを剝いて口に入れる。味覚を通して、自分は日置昭子について考えているだけの存在ではないことが思い出されて、なぜか涙が出そうになる。

時間もないでしょうし、手短に真実を言います、と日置昭子は早足で歩きながら言った。録音してもいいですか？　と由歌がレコーダーを出すと、いいですよ、と無造作に答えた。そうだレコーダーは取られなかった、だからある意味で目的を達成はしたのだ。

けれどもあの手はそれさえも消去しているかもしれない、という根拠のない妄想にとらわれ、由歌はバッグからレコーダーを出して、いちばん最近のファイルを再生して耳に近付ける。日置の声がしゃべり始める。声はきれいだと思う。

『親戚の男の子から、父はもう長くないかもしれないと同じ病室の人が言っていた、っていう手紙を受け取ったんですよ。父は昔会社をやっていて、二十二年前にある工事の見積もりの金額がなぜか契約前に外に漏れて、それより下の額を施主に提示した業者が突然現れ、その仕事で立て直しをはかろうとしていた父の会社は資金繰りができなくなって倒産しました。両親は離婚して、母が私を引き取りましたが、母はその二年後に亡くなりました。私は誰がその金額を漏らしたのかということをずっと考えていました。私は父自身を疑っていましたが、私が子供だからといって真実を教えてくれようとはしませんでした。死なれたらその理由が訊けなくなるので、私は脱走しました』

それだけの理由で逃げたんですか？　という自分の声が挟まれる。それだけの理由ですよ、と日置昭子は答える。

『でも、不幸な思いをしてもやり直すことはできたでしょう？』

『そうですよね。でも横領も脱走も、自分は怒りに勝てなかったからやったんですよ』

この時に、由歌は返答に窮したことをよく覚えている。自分には、そこまでの怒りに心当たりがなかったからだ。

『話を聞いてみると、父は仕事を横取りした会社の社長の奥さんと愛人関係にあったとのことです。それで金額を漏らしたそうです』

ばかな人、と由歌は言いかけて、それは呑み込んだ。

『相手の会社の名前を知りたいですか？　具体的な名前がないとリアリティがないですもんね』

見透かすように社名を告げられる。貴重で重要な情報だけれども、簡単に誰かに言えるものではないかもしれない、と思う。由歌が自分自身を売り込みたいと思っている人々には口が軽すぎると思われるかもしれないし、相手の会社に知られたら、由歌の生活を脅かすような怖い人間が出てくるかもしれない。

『ほかに訊きたいことは？』

日置昭子は、機械の性能について質問を求めるような口調で言う。由歌は、突然問いかけられて少し慌てながら、なぜあんなに長い間横領したんですか？　それも少額を、と平易な質問を挟んだ。

『どうやってお金をごまかそうかと考えている時は、他のことを考えずに済んだからです。最初に商品の代金をごまかした相手は、父の仕事を横取りした会社の社長でした。別の部署から登山サークルの担当に移ってきて、装備品の購入の件でその人と対面した時、私が父親の姓を名乗っていたにも関わらず気付きもしなかった。父の会社の社名に姓は入っていないとはいえ、この人間にとって自分はいないのと同じぐらいどうでもいいのだ、と思うと腹が立ちました。それがうまくいくと、その人と同じ物を買った人からごまかし、また次に買ったものも同じようにごまかしとやっているうちに、時間が過ぎていきました。そのうち、サークルの人々が行く登山やトレッキングのツアーの交通費や宿泊代金もごまかすようになりました』

そうですか、とレコーダーの中で自分が言っているのが聞こえた。いつ話を聞きたい相手に遭遇するかわからないのなら、質問を用意しておくべきだと由歌は自戒した。少し間が空いた後、あと一人だけ、会いたい人を思い出したんですが、と日置昭子が話し始めた。

『交通費を借りていいでしょうか？』

由歌はそこでレコーダーを停止し、バッグの中にしまう。おばあさんは、もう一つアメをくれようとするので遠慮なくもらう。

話が違うし、お父さんに会ったら出頭すると約束されたのでは？　と言った時の日置昭子の冷たい目つきを、もっと重く受け取れば良かった。その通りですね、と彼女は言った。由歌は警察に出頭するところまでは付き合えなかった。警察について行くとは言えない。病院で日置が父親と話すことに加担してしまったからだ。直接の関係は知られていないから、今のままならしらを切り通せるかもしれないが、出頭に付き合ってしまうと仲間だということにされてしまうだろう。

大学の近くの、少し交通量の多い交差点で由歌が立ち止まると、じゃあここで、と日置は言って、私はこれを渡ります、と信号が点滅し始めた横断歩道を軽く示した。車道の先頭には、大きなトラックが停車していた。いろいろとどうもありがとうございました、と日置が言っている間に、青信号の点滅はおそらく半分を過ぎた。

日置が右手を挙げたので、手を振るのかと由歌は思ったのだけれども、違った。由歌が肩から掛けているバッグの持ち手の間に、日置は素早く手を入れて携帯と財布を一緒につかんでバッグから引き抜き、そのまま青信号の最後の点滅を走って渡っていった。ありがとうございます、と言った表情を止めたまま、日置は由歌から盗んだのだった。赤信号で停車していたトラックが通り過ぎた後には、日置の背中はもう道の向こうに消えていた。

それから由歌は、最寄りのバス停によろけながら歩いていき、ベンチに座って今に至る。

「アメ、もう一つもらえますか?」

「いいわよ」

「ありがとうございます」

おばあさんが巾着からアメを出して由歌に寄越しているうちに、バスがやってきた。元気出してね、と言いながらおばあさんは一段一段ゆっくりと乗降口の段差を上りながら振り向いた。由歌は、ありがとうございました、という頭の中に残された日置の声に合わせて言った。

＊

だいたいこれで余罪はどのぐらいになってるんだろう、と考える。まず脱走、民家から服を盗んだこと、無賃乗車、住宅に侵入して一夜を過ごしたこと、また服を盗んだこと、ハサミを盗んだこと、女の子をけしかけて父親に会いに病室に入ったこと、そして女の子から財布と携帯を盗んだこと。

最後には出頭するし、服役で自分の人生がどれだけ浪費されてもかまわないけれども、結果的にこんなに何回も窃盗をすることになるんなら、まず現金をどこかで盗っておけばよかった、その方が楽だった、と思いながら、日置昭子は早足で歩道を歩いていた。数ブロック分の距離を走った後は適当なところで曲がって歩きに戻し、ただ何食わぬ顔をしていた。住宅地では人通りはほとんどないし、誰かとすれ違っても誰も自分のことを振り返ったりはしない。

バス停か荷台が剝き出しになったトラックを探していた。盗んだ携帯のGPSがオンになっていたので、それをオフにする操作をしながら、行き先を偽るためにこれも嘘に使わせてもらおうと考えついてまたオンにしたのだった。携帯を追跡させるなら、彼女が警察に行っていたりしてくれたらその方が都合がいいかもしれない。私と共犯になってしまったけど、彼女は行くだろうか行かないだろうか？　たった一時間ほどの付き合いではそんなことはわからないか。

バス停の表示のところにバスがやってきているのが見えたので、それがそこそこ遠いターミナルに行くことを確認して、昭子は表示の隣に立ってバスを待った。乗降口のドアが開いたので、乗り込むふりをして間違えた態を装い、ステップの端に携帯を置こうとすると、突然着信音が鳴り響き、ランプが点滅し始めた。正面に座っていた初老の女性がこちらを見たので、昭子は何事もなかったように携帯を引っ込めて、そのままバスを降りる。誰だよ、と他人の携帯への連絡ながら苛立って表示を見たものの、番号がそのまま表示されているので、知り合いではなさそうだった。

留守電のアナウンスに切り替わると、知らない男の子供の、けれどもわずかに知っているような気がする声が流れ始めた。

昨日名刺をもらった中学生だ、と彼は言った。逃亡犯について何か知っていることがあれば連絡してくれと携帯の持ち主に言われたらしい。

「それで自分は、ええと、今逃げてる人のいとこなんですけど、野嶋恵一っていいます」

昭子は、反射的に「通話」をタップしながら強く後悔した。いま恵一と話して何になる。交通費を持ってこさせるという手を瞬時に思いついたけれども、峠坂さんの娘さんに会いに行く費用を調達するために、あの女の子の財布を盗んだのではなかったのか。

「昭子だけど」

一瞬、唸るような声が聞こえて、数秒の沈黙の後、恵一は絞り出すような声で告げた。

「なんで?」

「今は説明できない」

「大丈夫？」

「大丈夫」

「おばさんは、すごく疲れてるみたいだよ」

「そうか。申し訳ないね」

バスが行った。行き交う者のない住宅地の歩道で、昭子は自分の中の何割かの部分が降伏するのを感じた。どれだけもがいても、運命は結局、思いもよらないものを差し向けてきて判断を迫る。疲れた、と昭子は思った。

4. すべての家から

妻が家を出ていってから、明は自炊の一環で焼き菓子を作るようになった。うまく焼けるとましな気分になるので、自分と亮太で食べ切れるか定かでなくても焼きたい時に焼くことにしている。余ったら会社に持って行って部下に配る。部下たちは、上司である明が手作りのお菓子を配ることについて本当のところどう思っているのか知らないし、もしかしたら密かに捨てられていたりするのかもしれないけれども、べつにそれでも良かった。焼き菓子はどうしても甘いものに偏りがちなので、食事にできるようなケークサレをよく作るようになった。今日も作ったので、息子と友達の野嶋君に出すために切り分けて紅茶を淹れた。中学生の息子やその友達が、そんなちまちましたものを喜ぶわけがないことも明は知っていたが、自分が時間を過ごせればなんでも良かったのでどう思われようと平気だった。

料理をすると自己肯定感が回復するらしいよ、と言っていたのは誰だったか、と思いながら、大きく切ったケークサレを置いた皿とマグカップを二組置いたトレーを持って、明は慎重に階段を上っていた。あれは妻だった、と思い出すと、腕がひとりでに肘から下に下がろうとするのを感じたけれども、明はそれを堪えた。妻が出ていったことによって損なわれた自己肯定感を、妻の言葉を思い出すことによって回復しているのが間抜けに思えた。けれどもこの時間を過ごせれば何でもいいと思い直した。なんでもいい、似合わない料理でも、刑務所から逃げ出した女の人から近所を守ることでも。

階段を一段一段上りながら、野嶋君の話し声に自分が近付いていっているのがわかった。息子は喋らず、野嶋君は電話で誰かと話しているようだった。明は立ち止まって耳を澄ましてみる。野嶋君はいい子だ。だからきっとやましい事じゃないだろう。それを少し耳にしたってべつにどうということはないだろう。

「それなら公園がいいと思う。池の周りなら夜は誰も来ないよ。ライトが途切れていて暗くなってる場所があるんだ。わかった。服も返したいんだね。着替え持ってくよ。あの家は友達の家の向かいなんだ」

その言葉の後に、歯の間から空気を出すような「しっ」という音が聞こえた。おそらく亮太だった。普通なら聞こえないような小さな音だったけれども、明には聞こえるのだ。息子の動作が立てた音だから。

亮太と野嶋君は黙り込み、明も階段の半ばで立ち止まる。緊張がドアを突き抜けて伝わってくるのを感じながら耳を澄ましていると、野嶋君が大きな溜め息をついて、それじゃあ、と言うのが聞こえる。明は、できるだけ音を立てないように階段を降りて台所へと戻っていく。

息子とその友達の分のおやつとお茶を載せたトレーを慎重にテーブルの上に置き、明は椅子に座ってタブレットを操作し始める。テレビでは特に興味のない芸能人の一代記についてのバラエティが流れていたので、音量をほとんど聞こえないぐらいまで下げる。ニュースサイトでは、少し前にハサミを万引きされたコンビニで逃亡犯らしい服装の人物を見かけたというSNSからの情報が取り上げられていた。万引きされたのは児童用の先が丸いハサミだったそうだ。誰かを襲うつもりなのだろうか、でもその近くにカッターなり何なりもっといい武器になりそうなものあったんじゃないか、なんで子供のハサミなんだ、と明はぼんやり考えた。

亮太と野嶋君に出し損ねた紅茶を飲もうとマグカップに手を伸ばしかけていると、ドアホンが鳴った。直接玄関に出ていくと、ごめんください、山崎ですー、と右隣の家の一人暮らしの女の人の声がしたので、はいはいと言ってドアを開ける。

「こんにちは。ちょっとだけおたずねしたいことがあるんですが……」

「はい」

山崎さんの隣には、向かいの矢島さんの家の上の女の子が立っていた。泣いているというほどではないが、ひどく憔悴《しょうすい》した様子で、ずっとうつむいていて目をこすったり首を横に振ったりしている。

「病院で働いてる男の人が着てるような、医療用の白いユニフォームの上下とかは届いてませんでしょうか？」

「いえ、いや、来てないですよ」

山崎さんの指定はとても具体的で、まるで「元号が変わったことをご存じでしょうか？」とでも言っているようで、自分がそんなものの行方を一切知らないことに疎外感を覚えるほどだった。

「そうですか。矢島さんの家のベランダからなくなってしまったみたいで、風で飛ばされたか、あともしかしたら盗まれたかなんですけど……」

「風、強いですか？」

午前中に買い物に外に出たけれども、そんな印象はない日だった。山崎さんも、いえ、強くはないです、と首を横に振る。

「じゃあ盗まれたんですかね？」

そう言いながら、なぜそんなもの盗む必要があるんだ、と明は自問する。山崎さんは、数秒の間隣にいる矢島さんの家の長女の頭をじっと眺めた後、明の方を見て、どうなんでしょうね、と曖昧な言い方をする。

「見かけられたら教えてください」

矢島家の上の子は、顔を歪めて絞り出すような声で言う。明は、何があったかだとか、これから何があるかといった文脈はすべて取り払って、子供はこんな顔をするべきではない、と思いながら、了解です、何かわかったらすぐに知らせますよ、と強くうなずく。ほとんど気休めでしかない明の答えだったが、矢島家の上の子はほんの少しだけ口の端を上げる。

「そうだ、ケーキみたいなの作ったんですけど、いります？　甘くないんですけど」息子とその友達に渡し損ねたケークサレのことを思い出して提案すると、矢島家の上の子と顔を見合わせた後、いいんですか？　と山崎さんが言ってきたので、いいですよ、と答えて、明は厚く切ったケーキを手早くクッキングペーパーで包み、ジッパー付きの袋に入れて玄関に持って行く。二人はそれを受け取ると、それぞれに礼を言って帰っていった。

誰も彼も、と言っても、野嶋君と矢島さんの上の子だけだが、とにかく短い間に二人の人間が服の話をしている、と思いながら、明は台所に戻る。再びマグカップを手に取ろうとしながら、明ははたと、「友達の家の向かい」と野嶋君が言っていたことを思い出す。野嶋君にとって、あの文脈での友達を亮太と仮定すると、うちの家ということになるのではないか。そして矢島さんは、うちの家の向かいだ。また、野嶋君と話していた人物は、「服を返したい」と言っているようだった。山崎さんは、おそらく矢島さんの上の子を失望させすぎてはいけないという手前、はっきりとは言わなかったが、盗まれたかもしれないということはほのめかしていた。

男物の医療用ユニフォームを盗んだ人間が、野嶋君と連絡を取っていて、それを返したいと言っている。明は、タブレットを手に取り、ニュースサイトやSNSを開いて「医療用　男物　ユニフォーム」や「病院　男　仕事着」というようなキーワードで検索してみたのだが、メーカーや小売りのサイト以外は何も引っかからない。しかし明は、今度こそマグカップから紅茶を飲みながら、最近ニュースの中で服を盗んでいた人物に思い至った。

マグカップを置いて、明は頭を抱えた。そのまま十数秒経っても、少しも考えが進まなかったので、自分用にとっておいたケークサレの最後の一切れを鷲掴みにして口に運ぶ。うまいと思う。うまいものを食べると、どうしても人生でいちばん一緒にうまいものを食べた相手である妻のことを思い出して、胃に差し込むようなものを感じるのだが、食べるのをやめてもその感覚は同じなので、食べ続ける。

野嶋君には亮太がついている。亮太はもしかしたら、自分の父親が少しだけ話を聞いたことに気付いたかもしれない。自分が問いつめても亮太は頑として話さないだろう。そういう子だ。

もしくは今警察にこのことを知らせて、息子とその友達を追及させたら話は終わるのかもしれない。それで思い過ごしなら、自分が恥をかくだけで済むだろう。けれどもそうでなかったら、亮太と野嶋君は傷つくだろう。

タブレットに、メッセージの着信を知らせる通知が来る。左隣の松山さんからで、今日の夜の見張りについて、長谷川さんの家の三番目の子から訊かれたんだけど、俺忘れちゃったし文章だと複雑だから、今から直接家に訊きに行っていい？ という内容だった。

いいですよ、と明は書き送った。それから、でもちょっと、違う場所で見張ることになるかもしれません、と書き加えた。

＊

一所懸命やってきたつもりだった、と考えて、また同じだと日置昭子は思いながら、指定された場所へと向かっていた。恵一と話し終わった後、ショートメッセージが来た。場所を変える。夜じゃなくきっちり十五分後にさっき話した場所へまず行け。違う人間を立てて、改めて夜の待ち合わせ場所と時間を知らせる。早めに来てはいけないし、遅れてもいけない。そしてすぐにその場を離れろ。

恵一との通話で指定された公園に行くと、池の周りで水鳥を見ていた小学校低学年ぐらいの男の子に、これをここに来た人にあげてって、メガネをかけたお兄ちゃんが、と駅に設置してあるようなフリーペーパーを渡された。恵一はメガネをかけるようになったのか？　と思いながら開くと、中には待ち合わせの時刻と、住所と建物の名称のメモが入っていた。恵一が昭子とその家族に起こったことについては、倒産して離婚した以上のことは知らないはずなのだが、因縁のある場所で、昭子は顔を歪めた。メモを握りしめて夜道を歩きながら、一所懸命やってきたつもりだった、と昭子は再び思った。いつもそうだ。一所懸命やった、でも自分でそれを台無しにしてしまう。一所懸命働いたつもりだけど、横領し続けてそれを台無しにした。一所懸命刑期を務めていたつもりだけど、脱走してそれを台無しにした。そして一所懸命逃亡したつもりだけど、自分はまたそれを台無しにしようとしている。

恵一に会うのは間違いだ。なんとか父親に話を聞き出すところまではきたのに、いったい何をやってるんだ。脱走に協力してくれた峠坂さんの用事を果たすために全力を尽くさなければならないのに。

あの女の子から財布と携帯を奪ったことから逃れられなかった。横領し、脱走し、窃盗を繰り返したけれども、自分はそこにいる人間から直接金を奪うような人間ではなかったのかもしれない。財布と携帯を返し、恵一に交通費をもらうことにして罪悪感を軽くしたかった。盗んだ服も返したかった。これまで抑えつけてきた当たり前の良心が、恵一の声を聞いていっときに噴出したような気がした。横領犯の自分がそんなものを持ち出すのはおこがましいとはいえ。

本当はそうやって、いろんなことを言い訳にして逃亡を諦めたいんじゃないかとも思った。続けるにはあまりにも疲れ切っていた。父親から二十二年前の経緯を聞いた直後から、体が精神の疲労感を反映するように重くなって、さらにあの女の子から財布と携帯を奪ってから、より疲れが増した気がする。

間の抜けた話だが、恵一の顔を見たら、それが少しましになるんじゃないかと思った。本当に間の抜けた話だが。また峠坂さんの用事に向かう力が湧いてくるんじゃないかと思った。恵一はいい子だったが、小学生の頃、一年半ほど面倒を見ただけでよくは知らないのに。

手紙を寄越してくれるのは恵一と叔母だけになっていた。友人たちは、当初はいくらかくれていたけれども、そのうちそれぞれの人生の節目に立たされ、刑務所にいる昭子のことどころではなくなった。それで当たり前だと思うし、最後まで手紙をくれていた友人にも、申し訳ないからもう自分のことはしばらく忘れてくれ、と書き送ったら、わかった、出たら連絡して、がんばって、という短い返信を最後に連絡は途絶えた。

これでまた何年か延びる、人生の虫食いが増える。でももう、そうやって食い尽くされて自分の人生がなくなってしまってもいいとも感じる。ただ、峠坂さんの用事だけはどうしても果たさなければならない。

恵一に頼むか、頼めるだろうか？　いくつだっけあの子。血のつながりのこともあるからいろいろ調べられるだろうしな。

一連の逃亡の中でもっとも迷いを感じつつ、疲労と空腹の頂点に押しやられながら昭子は周囲に注意を払って歩いた。父親の冷蔵庫から奪ったりんごを食べるのはまだその先だ。

＊

二十三時四十五分になり、お父さん、と亮太は一階の廊下に降りて呼んでみたが、返事はなかった。「お父さん」と言ったのは何年ぶりだろうかと関係ないことを考える。

電灯は点いていて、テレビは小さな音で点けっぱなしになっているが、父親の姿はやはりなかった。父親がうっかりそういうことをする人ではないことを、亮太は知っている。だからおそらくこれは意図的なことなのだろう。二十一時になってから、亮太は三十分ごとに一階に降りて父親の所在を確認しているのだが、ずっとこの様子だ。父親は電気とテレビを点けたまま、二時間以上家を留守にしている。

夜の見張りに行ってるんだろうという希望的観測を、亮太は捨てたくなかったけれども、そんな理由なら電気もテレビも消して父親は堂々と家を出ていくだろう。だからおそらく、べつの理由があるのだ。亮太には知られたくない。

ノジマの通話を父親に聞かれたのだとしたら、どのあたりを聞かれたのだろうと、亮太は今日数百回考えたことをまた反芻する。

『それなら公園がいいと思う。池の周りなら夜は誰も来ないよ。ライトが途切れていて暗くなってる場所があるんだ。わかった。服も返したいんだね。着替え持ってくよ。あの家は友達の家の向かいなんだ』

おそらくこの部分だと思われる。公園にはあの後すぐに行き、池の周りにいた子供に変更した場所を書いたメモを託した。だからもう、父親に聞かれていたとしても公園は関係ない。残るは「暗い場所」、「服を返したい」、「あの家は友達の家の向かい」だ。矢島さんの家の上の子は、かなり手当たり次第洗濯物の紛失についてたずねて回っているようだったから、父親ももし声をかけられているとしたら、ノジマの通話の相手が洗濯物の紛失に関わっていることに気付いた可能性がある。「あの家は友達の家の向かい」の疑わしさは言うまでもない。

父親が知らないのは別の「暗い場所」と待ち合わせの時間だ。ノジマが何に関わっているかについての断片を知られたかもしれないことは痛いけれども、具体的な場所や時間を知られていなければ大丈夫だろう、と亮太は自分に言い聞かせながら、自室の目覚まし時計を睨みつけていた。あと数分で、自分は「暗い場所」に出かけなければいけないけれども、早めには出かけられず、時間ぴったりに行かなければならないことは苦痛に感じられた。ノジマもおそらくそう思っているだろう。

結局亮太は、約束のある時間よりも少し早めに出て、公園に寄ることにした。何度も携帯で時間を確認しながら、父親がいないか探してみたのだが、姿は見あたらなかった。

もしかしたら、自分たちのことなどまったく関係なく、個人的な事情でなんとなく家を出ていって、そこでの用事が長引いているのかもしれない、と思いながら、亮太は道を戻り始める。人影があると目を凝らして、日置昭子か父親かそうでないかを確認する。公園から移動しながら三人の人間を見かけたが、どの人も逃亡犯でも父親でもなかった。

待ち合わせ場所まであと一ブロックという場所で立ち止まり、誰かいないか目を凝らしたのだが、亮太がいちばん最初に来たようだった。他の二人のどちらかが先に来るよりは、それが望ましいのかもしれない。

長谷川建設の倉庫の防犯カメラがダミーであることを、亮太は見抜いていた。自分とノジマが、あまりにも塾の帰りにその近くの自動販売機のところで喋っているので、そのうちうるさいという理由で映像を持って家に怒鳴り込まれやしないかとふと不安になって、定期的に何度かレンズめがけて小石をぶつけているのだが、カメラが取り替えられる気配はないし、自宅に文句が来る気配もない。レンズが傷ついていて、その犯人が亮太であることがわかったなら、あの雨戸を閉め切った光も漏らさない家の人間なら、何らかの怒りは表明しそうなものだが、一度もそういうことはなかったので、おそらくあれは偽物だと亮太は考えるようになっていた。

道の向こうから、静かな足取りで誰かがやってくるのが見えて、亮太はその人物と同じぐらいの到着になるように調節しながら再び歩き始める。落ち着きのない足音がまた別の方向から聞こえてくる。亮太にはそれがノジマであることがわかる。

三者はほぼ同じ瞬間に長谷川建設の倉庫の前の暗がりに到着した。恵一、と静かにやってきた人物が小さく言うのが聞こえた。

「昭子ちゃん、これは友達の亮太。いろいろ考えてくれた。金と着替えの服持ってきたよ」

暗がりでほとんど表情のわからない日置昭子は、ちらりと亮太の方を見て会釈し、スラックスから財布と携帯を取り出してノジマに差し出した。背の高い、物静かそうな女だった。

「どこ行くかわからないけど、気を付けて」

「うん」

日置昭子がノジマに頼んだ交通費と着替えの入ったビニール袋を受け取った瞬間、がらがらがらがらと頭がそれでいっぱいになってしまうような大きな音が響き渡った。倉庫のシャッターが開いたのだった。

「亮太」

父親の声がして、亮太は眉をひそめた。庫内に電灯が点いた。倉庫の壁際には長谷川家の三番目の女の子がいて、パネルを操作していた。それは眩しいぐらいに明るかった。女の子はうつむいていた。父親に協力しながら、半分はやりきれないのではないかと亮太は都合の良いことを考えた。

あー……、とノジマは小さく唸った。日置昭子は、数秒の間亮太の父親を見やって、表情を変えずに顔を伏せた。

その場にいる全員が動きを止め、次の行動に迷っているうちに、おずおずとした足音が方々から響き渡り、近所の人々が集まってくるのがわかった。亮太は、嫌悪と諦めの入り交じった視線で、隣の家の人やさらにもう一つ隣の家の人や、斜め向かいの家の人や、角の家の人や突き当たりの家の人々の呆《ほう》けたような顔が倉庫内の電灯に照らされながら近付いてくるのを眺め回しながら、つまらない住宅地のすべての家の人がここに訪れているような気分がした。

姉妹の部屋で、小学校の図書室から借りてきた本を読んでいると、窓の外から松山さんの声が聞こえたような気がした。みづきは、いや、でも松山さんはもっともっと声がでかいような気がする、あの人なりのひそひそ声なんだろうか？　と疑問を感じながら、『たのしい川べ』にしおりを挟んで窓際に行くと、やっぱり松山さんがいて、斜め向かいの山崎さんを玄関先に呼び出して何か話していた。

松山さんの用事は特に長引かないもののようで、玄関に立っている山崎さんに会釈するとすぐにその場から離れて、その隣の大柳さんの家のチャイムを押していた。松山さんが隣の家に移動しても、山崎さんは玄関先で腕を組んでじっと立ったままだった。隣の大柳さんは、玄関で松山さんの話を聞きながら何度かうなずいた後、家の中に戻っていった。

その後松山さんは、みづきの家の前にもやってきて、チャイムを押してお母さんを呼び出しているようだった。みづきは部屋を出て、階段の上からこっそりお母さんがなんと言って対応するのかに耳を澄ませた。お母さんは松山さんに、そうですか、お知らせありがとうございました、そのうち行きます、とそっけなく言っていた。

松山さんが帰った後、部屋に戻ってまた窓の外を確認すると、上着を着た大柳さんが家から出てきて路地を出ていくところだった。山崎さんはまだ腕を組んでじっとしていたけれども、大柳さんの背中を見ていたりして、今にも動き出しそうだとみづきは思った。

逃亡犯に関することなのだ、とみづきは直感した。結局、お母さんの彼氏の仕事の服は見つからず、山崎さんはお母さんが帰ってきた時にみづきと一緒に服をなくしたことをあやまってくれたのだが、別れ際に、あれはやっぱり盗まれたのかもしれないから、本当にあなたのせいではない、と山崎さんは言った。盗むって誰が盗むんですか？　とみづきがたずねると、山崎さんは少し考えるように顔を伏せて、それから少し自信のなさそうな口調で、逃亡犯が、と答えた。

お母さんの彼氏の服が、干している間にどこかにいってしまったことについて、お母さんはものすごく怒るだろうと思っていたのだが、ただ驚いただけで怒るという感じではなかった。山崎さんが一緒にいたからかもしれないけれども、山崎さんが帰った後も、お母さんは怒らなかった。意外に感じて、自分はなんだか、お母さんから怒られることを気にしすぎているんだろうかとみづきは自問した。

斜め向かいの山崎さんは、意を決したように家の中に戻って、おそらく鍵を持ってきて、玄関の明かりは点けたままドアを施錠し、玄関口を離れた。みづきは、この機会を逃したら、自分は逃亡犯について起こっていることを見逃してしまうのではという気がして、小走りで階段を降りて靴を履いて家を出た。お母さんが廊下の奥から、みづき、どこへ行くのみづき⁉と今度こそ怒ったような声で咎めてきたけれども、みづきはそのまま家を出た。

山崎さんは、路地を曲がっていくところだった。みづきの足音にすぐに気付いた様子で、子供は危ないかもしれないから来ないほうが、とは言ったものの、みづきが、逃亡犯ですか？　とたずねると、うん、とうなずいた。

「見つかったんですか？」

「うん」

「つかまったんですか？」

「そうですね。つかまったようなものなのかも」

山崎さんは、止めてもみづきはついてくるだろうと察したのか、みづきの前に立って後ろに庇《かば》うように歩いてゆく。

「どこで？」

「すぐ近くで」

みづきと山崎さんが到着したのは、本当にすぐ近くで、路地の出入り口の長谷川さんの家の裏手だった。通学路ではないが、みづきも昼間や夕方にときどき通ることがある。けれどもみづきには、今が夜で風景が違うということ以上に、その場所が知らない顔を見せているように思えた。いつも閉まっている倉庫のシャッターが全開になっていたからだ。中の電気も点いていて、夜道なのにそこだけはものすごく明るかった。

近所の人たちが、白い服を着た人を取り囲んでいた。刑務所から逃げ出した悪い人のはずなのに、みんな文句を言ったりはせず戸惑ったような顔をして、ただ押し黙っていた。なんと声をかけたらいいのかわからない、という感じだった。よくしゃべる松山さんでさえも。

その人の着ている白い服は、確かにみづきの家の二階のベランダに干してあったものだった。服がなくなったことは、昼間から夕方にかけてあんなにみづきを追い詰めたのに、服を見つけた今、それほどうれしくもないし、盗まれたことにあまり腹が立ったりもしないのが不思議だった。ただ、残念だな、とみづきは思った。最初は、何に対して自分がそう感じたのかはわからなかったけれども、逃亡犯がこうやってみんなに見つかってしまったことを、自分は残念がっているのだということに気が付いた。髪が短くなって、髪型が変わってしまっていたことも少し残念だった。

「変かもしれないけど、逃げ切ってほしかったかも」

みづきが呟くと、そうなんですね、と山崎さんが小さくうなずくのが聞こえた。

「私は、行方がわかって安心しました」

みづきは山崎さんを見上げて、それから白い服を着た逃亡犯を見た。お母さんの、みづき、ここにいたの！　という怒った声が近付いてきた。振り向くと、お母さんが眠そうに目をこすっているゆかりを連れてこちらにやってきていた。

お母さん、山崎さん、ゆかり、この人、わたし。

いろんな女の人がいる、とみづきは思った。

「あの人に服、返してもらわないとですね」

山崎さんに言われたので、そうですね、とうなずくと、山崎さんは、着替えがいるかもしれないから取ってきます、とその場を離れていった。

*

昼間に祖母と話した後、千里は自室に戻ってずっとピアノを弾いていた。何を弾いたらいいのか考えるのも面倒だったので、以前教室で弾き尽くした楽譜の本を丸一冊弾いた。それからひどい疲労感を覚えて、ベッドに横になった。

しばらく夢も見ずに眠って、起きたら夕方だった。水を飲みに一階に降りると、玄関先に丸川さんが来ていて、母親に何か頼み込んでいた。洗面所で顔を洗いながら、蛇口の水を細くして話を聞くと、どうも家の裏手の道路を挟んだ所にある倉庫の話をしているようだった。困るんですよね、と母親は言っていた。私何も判断できないんです、会社の持ち物のことは、だからそんなこと頼まれても困るんです。夫は得意先の人と付き合いで遊びに出ているし、母は今休んでいますし。

　そこをなんとか、と丸川さんは言った。

　だいたい、ものすごくあいまいな話じゃないですか、『暗いところ』って。だって暗いところなんていくらでもあるし、と母親は言った。

「息子はおそらく、私が話を聞いたことに気付いているはずです。だから別の『暗いところ』に待ち合わせの場所を変えるはずだと思うんです」

「ていうかうちの家の倉庫の前が暗い暗いって、失礼じゃないですか？」

　母親にそう言われて、丸川さんは、すみません、とあやまった。確かにうちの倉庫の前は本当に暗い、と千里は思った。あまりに暗くて何がひそんでいるかわからないので、千里自身、夜は倉庫の前を通るのを避けていた。というか、うちの家自体が暗い。陽が落ちると閉められる限りの雨戸とカーテンを閉めて、外に光を漏らさないと決められているから。門灯も玄関灯も絶対に点けない。父親はときどき文句を言っているけれども、結局どうにもならない。

「逃亡犯と話していたなんてことも、確かなことじゃないんでしょ？」

千里は動作を止め、あやしまれないためにばしゃばしゃと音を立てて水で顔をこすり、洗面台に常備してある自分用のタオルで顔を拭いた。

顔を水に浸したことによって、何か頭の中のチャンネルが切り替わったのを、千里は感じた。自分は、逃亡犯がどうなっていくのかを見届けるべきなのではないかという気がした。

帰ってもらえませんか？　という母親の声がして、丸川さんが謝罪するのが聞こえた。ドアが閉まり、母親が台所へと戻っていくのを見送ってから、千里は外に出て丸川さんを呼び止めた。うちの倉庫と逃亡犯にどういう関係があるんですか？　何かできることはありますか？　とたずねると、確証はないんですが、と丸川さんは事情を話し始めた。

まず警察には知らせたくない、息子やその友達が、逃亡犯のことで問い詰められるのは忍びないから。けれども、彼らが逃亡犯を逃がそうとしているかもしれないのなら、それを見逃してしまうこともできない。

もちろん、自分の思い過ごしであるに越したことはありません、と丸川さんは付け加えた。変更された可能性がある『暗い場所』が、なぜ千里の家の会社の倉庫であるのかについては、丸川さんの息子さんとその友達が、塾の帰りによくその近くにいるからだという。

千里は少し考えて、丸川さんの頼みを聞き入れることにした。丸川さんは単純に息子さんのことが心配で、しかし本人はただ心配するだけで警察にすべてを任せてしまいたいと思うような人でもないから、千里に倉庫の中で待たせて欲しいなどというこ とを頼むのだ、と思えた。丸川さんが逃亡犯をいち早くつかまえてどうのこうの、という意図はまったくなさそうだという印象を受けたというのもあった。

夜の九時ぐらいから中で待たせて欲しい、と丸川さんは言ったので、千里はそれも承諾した。倉庫には、大学生の兄が何台も買った乗りもしないロードバイクが置かれていたり、千里が昔乗っていたキックボードなどの持ち物もいくつかしまってあるので、子供たち全員にもリモコンキーの場所が知らされていた。

二十時五十分に、丸川さんと倉庫の前で待ち合わせをして、中に入れた。丸川さんは、隣の家の松山さんに頼んで、逃亡犯と息子さんとその友達の当初の待ち合わせ場所も見に行ってもらっているという。そちらに動きがあったら松山さんから携帯に連絡をもらって、こちらに何かあったら松山さんに連絡して、近所の夜警に参加した人にも声をかけて来てもらう予定なのだそうだ。

倉庫の中に入ってもらい、シャッターを閉める時に、電気は点けなくていいですか？ と訊くと、いいですとのことだったので、丸川さんを置いて千里は家に帰った。けれどもそれからピアノを弾いた後、テレビを観ながらそろそろ風呂の時間だろうかと考えている時に、そういえば自分は、丸川さんにシャッターの開け方も、自分の連絡先も教えていないということを思い出した。丸川さんも焦っていたし、自分も家族に言わずによその人を倉庫に入れるということで緊張していて、そのことまで頭が回らなかった。

そしてその更に奥には、逃亡犯が本当に来るのなら、自分はそこに立ち会いたいという気持ちも隠されていた。二十三時半を回ると、千里は部屋着から普段着に着替え、懐中電灯を持って静かに家を出て、会社の倉庫に向かった。住宅地は静まりかえっていて、まだ逃亡犯は来ていない、見つかっていない様子だった。

千里が突然訪ねていくと、丸川さんは驚いたけれども、シャッターの開け方を教えていないことに気付いたので、と言うと、丸川さんは、そうでした、とうなずいた。倉庫の中に入ってから二時間以上の間、暗闇でずっとシャッターに耳を付けて、外の様子をうかがっていたという。予想を外してしまったかもしれません、と丸川さんは懐中電灯の光の中で悲しそうに笑っていた。

なりゆきを装って、千里も倉庫の中で何かが起こるのを待つことにした。何も起こらないのならそれはそれで仕方がなかった。自分はただの中学生で、何か特別なことに遭遇するような存在ではないことには納得していた。同時に、もし自分の目の前に逃亡犯が現れたのであれば、彼女がもう逃げ切れなくなったということの証明にもなってしまうのだ、と気付いて、千里は今更のようにつらい気持ちになった。

昼間の祖母の口振りは、祖母が、自分の一家が、逃亡犯の家に対して何らかの力をふるったということを示していた。祖母はそのことを誇り、またその反動を恐れているようでもあった。自分には何があったのかはわからないし、祖母もちゃんと教えてはくれないだろう。その後先を知りたいと思うのなら、自分で見届けるしかないのだと千里は感じていた。

丸川さんから離れた、倉庫の操作パネルに近い場所で、千里もまた息を潜めてシャッターの向こうを窺っていると、二十四時を回るか回らないかという時点で、三種類の足音がこちらに向かって近付いてきているのが聞こえた。自分の動悸が突然速くなって、背中に汗が吹き出して足が冷たくなるのを、千里は感じた。

足音が止まると、女の人の静かな声がして、自分と同い年ぐらいの男の声がそれに応えるのが聞こえた。「亮太」という、丸川さんの息子さんであり、千里と同じ中学に通う一学年上の生徒の名前が聞こえた。丸川さんが、離れた場所にいる千里にもわかるほど強く息を呑んで、シャッターの裏側に両手を掛けるのが気配でわかった。懐中電灯で丸川さんを照らすと、千里に向かって首を横に振り、携帯を操作し始めた。

おそらく、別の場所を見張っているという松山さんに連絡しているのだろう。

気を付けて、という声が外から聞こえた。おそらくは逃亡犯にそう言える立場にあるその人が、なぜだか千里にはうらやましかった。再び、懐中電灯で丸川さんを照らすと、ゆっくりと千里に向かってうなずいた。

千里は、シャッターの操作パネルの「開」を押して、それから倉庫内の電気をすべて点けた。今更のように、自分がこんな形でしか逃亡犯に関わることができないのを悲しく思ったので、千里はしばらくうつむいていた。道の向こうから、次々と足音が聞こえてきて、近所の人が集まってきていることがわかった。どうせ彼らにも見られてしまうのだから、と千里も顔を上げて逃亡犯を見た。病院で働いている男の人が着るような白い服を着ていて、写真よりも髪は短く、思ったより背が高かった。

千里がなんと言葉をかけていいのかわからないように、丸川さんもここまでやっておいてどうしたらいいのかわからない様子で、ただじっとしていた。丸川さんの息子さんが不服そうに頭を上げて、責めるように人々を見回していたのが、千里をつらくさせた。

「日置」最初に言葉を発したのは、隣の真下さんの息子さんだった。「何が目的かわからないけど、もうやめろよ」

そうだ日置だ、と千里は逃亡犯にもちゃんと名前があることを思い出した。日置昭子だ。地味な名前。地味な顔。

「もう疲れただろう。体のことぐらいしかわからないけど、自分たちは同い年だから」

日置昭子は、顔を上げて自分の斜め後ろにいた真下さんの息子さんを見遣った。表情や佇まいは石のように硬く、誰の言うことも聞き入れそうにない様子で、目つきは暗く、疲れ切っていた。

「少しだけでいいから休めよ」

そう言った後、真下さんの息子さんは、丸川さんの方を見て、出頭するまで少し自分の所にいてもらおうと思うんで、明日の朝まで通報するのはやめてもらっていいですか？ とたずねて、丸川さんは少し戸惑った表情を見せたものの、わかりました、とうなずいた。他の近所の人々も、自分が訊かれたわけでもないのにそれぞれにうなずいていた。

集まってきた他の人々に遅れて、自分の家の方から鷹揚《おうよう》な足音が近付いてくるのが聞こえたので、そちらの方を見遣ると、真っ暗な家の方から祖母が歩いてくるのが見えた。ちゃんと化粧をしていて、背筋は伸びていた。祖母を見つけた日置昭子は、張り詰めた表情を変えず、口だけを開いて鋭い声を出した。

「あなたですよね？ 私の父親の愛人だった人」

千里は顔を伏せた。けれども、視界の端にある祖母の姿は、立ち止まってから微動だにしなかった。

「私は必死に生きてきただけよ」

答えになっていないことを言う祖母の声は、自分の意志さえあれば白を黒に変え黒を白に変えることができると信じているかのような確信で張り詰めていた。恐る恐る頭を上げると、日置昭子が祖母の方をじっと見ながら、ゆっくりと首を横に振るのが見えた。祖母は動かず、言葉を続けもしなかった。

千里は、その様子をただ脳裏に焼き付けていた。私は一人だ、と家の中で繰り返し考えるようなことを、なぜかこの場で思い出した。けれども、そう思っているのは、思ってきたのは、自分一人だけではないのではないかということも悟った。

祖母が踵を返して、真っ暗な家に戻っていくのが見えた。強く伸ばした背筋には、自分こそが家を守り立ててきたという威厳と自負が漂っていた。しかし千里は、それを共有する者がもう、病院で弱り果てている祖父しかおらず、その祖父も祖母のことを忘れかけているということも理解していた。

とりあえず、これから自分が家に帰ったら門灯を点けようと千里は思った。怒られても、それが自分のしたいことならそうしようと思った。

＊

朗喜の隣で、矢島さんは上の娘さんの腕を引き寄せながら、いいの、そんなことはいいの！　と何度も言っていた。逃亡犯が今着ている服は、矢島さんの上の娘さんが午後に探して回っていた矢島さんの家のベランダから盗まれた服なのだそうだ。朗喜も妻の博子も、彼女に行方をたずねられた。あまりの悲愴な様子に、自分も一緒に探しましょうか？　と言いかけたのだが、矢島さんのお母さんはそれを不問にすると先ほどからずっと娘さんに言っているので、朗喜は人知れずほっとした。

「私が高枝切りバサミを外に置きっぱなしにしといたからかもな」

「仕方ないですよ、そんなの」

「服泥棒に使われるなんて思いもしないしね」

角の家の笠原夫妻とその隣の大柳さんは、逃亡犯が見つかったことよりも、盗まれた服が見つかったことについて、やれやれという様子で話し合っていた。逃亡犯は、笠原さんの旦那さんが外に出しっぱなしにしていた高枝切りバサミを使って、矢島さんの家の二階のベランダから服を盗んだと笠原さん夫妻は考えているようだ。高枝切りバサミは、笠原さんの家の植え込みの刈り込みを笠原さんが大柳さんに頼んだ時に出したもので、植え込みを刈ることになったのは今夜も丸川さんが見張りをするつもりだったからだ。

実際、昼過ぎまではその予定で、朗喜や博子も今日の夜は出られますかと丸川さんから問い合わせを受けていた。けれども、夕方になってから、今日は自分の都合がつかなくなりまして、申し訳ないですが夜の見張りはやめておきます、という連絡が丸川さんから入った。朗喜は、他の人々で見張ってもいいんじゃないですか？　と言い掛けたのだが、丸川さんに何か考えがありそうだったので口にするのはやめた。

それから夜になって、松山さんが「逃亡犯が見つかったかもしれない」と家を訪ねてきた。朗喜と博子は顔を見合わせ、特に話し合ったわけではなかったが、家を出てきた。

朝までは通報しない、という方向で固まり、これ以上自分たちが関われることもないだろう、と朗喜と博子が帰ろうとすると、入れ違いのように、相原さんの家の奥さんが、大学生ぐらいの若い女の子の肩を抱いてやってくるのが見えた。逃亡犯の親族らしい、丸川さんの息子さんではない方の知らない男の子が、そちらを見てあっと声を上げた。女の子は深くうつむいていて、ほとんど表情は見えなかったけれども、佇まいからは明らかに憔悴していることが見て取れた。いったい何があったのか、逃亡犯が、ごめんなさい、と声をかけると、女の子は顔を上げて逃亡犯を睨みつけたけれども、それは数秒しか持たず、女の子は片手で顔を覆って泣き始めた。

「これ、返します」

知らない男の子が、彼女に駆け寄って財布と携帯電話のようなものを差し出すと、女の子はそれをひったくり、その手の甲で涙を拭いた。そして、うちの家で少し休む？　という相原さんの奥さんの言葉に、ぎこちなくうなずいていた。

相原さん夫妻が、突然現れた女の子と家に戻っていくと、いよいよその場は幕引きの様相を呈してきた。逃亡犯はいったん、真下さんの家に連れて行かれるようだった。どうしよう？　と博子に声をかけようとすると、先ほど泣いていた女の子に財布と携帯を渡していた知らない男の子が、そうだ！　と大きな声をあげた。

「この中に、中一ぐらいの息子さんがいる人いませんか？」

朗喜と博子は顔を見合わせた。その場に中学一年の男の子を子供に持つ親は、朗喜と博子の二人だけだった。突然自分たちに言及されて戸惑いながら、私たちですが、と朗喜が知らない男の子に名乗り出ると、自分は息子さんと同じゲームやってると思うんですよ、タワーディフェンスの、チームを組んで、と男の子は思いつくままという様子でしゃべり始める。確かに、博喜もそんなことを言っていたような気がする。

「すごく義理堅いプレイヤーなんです。ログインしていない時にプレイヤー同士でユニットを預かり合って育てるシステムがあるんですけど、おれがヒロピーのを育てたら、こっちのも必ず同じかちょっと強いぐらいにして返してくれるし、ユニット配置がめちゃくちゃうまいです。チームのエースです」

博子が息を呑んで、じっとその話に聞き入っていた。朗喜は、隣にいる博子の手を取って強く握った。

「今度そのゲームの大会があるから一緒に行こうって。でもときどき行方不明になって親に心配をかけてるから、家を出してもらえるかどうかわからないって言ってました。電車で外出した先で連絡が取れなくなるんですよね？　でもゲームには毎日必ずログインするから、自分が訊きさえすればヒロピーがどこで何をしてるかわかるんです」

朗喜の手の中で、博子の手が重くなったような気がした。膝から崩れるように肩を落とす博子の体を支えながら、朗喜は、ありがとうございます、息子のことを教えてくれて、本当に、どうも、とその男の子に言った。男の子は、そうだ、とリュックを開けて筆記用具を取り出し、ポケットからくしゃくしゃのレシートを出して、電話番号を書き付けて朗喜に渡してきた。後で必ず連絡します、と朗喜は言った。

博喜のことをよく知っている知らない男の子は、逃亡犯の後について真下さんの家の方向へと去っていった。博子の体が、次第に力を取り戻して自立していくのが、朗喜には感じられた。

「何をしてたんだろう、私たち」

あの子にはちゃんと友達がいたし、問題もわかっていた。博子はかすれた声で続けた。

「帰ろう」

朗喜は言った。博喜に会いたかった。息子は家にいて、いつでも会えるけれども、それでも強くそう思った。

＊

目が覚めたら朝になっていた。座卓に伏せていつのまにか寝ていたようだ。壁時計で時間を確認すると、八時半を示していた。外は明るいけれども、部屋の電気は点けっぱなしで、そこにいる全員が寝ていた。丸川さんも同じく座卓に伏せていて、その息子さんは壁にもたれて脚を伸ばして眠っていた。

耕市は、隣の部屋に続く襖を少しだけ開けて、日置がまだ寝ていることを確認し、すぐに閉めた。日置は畳の上で横になれたらそれでいい、と言っていたが、耕市の母親は聞き入れず、風呂を沸かしなおし、布団を用意し、インスタントラーメンを作った。あなたのこと覚えてるわよ、と母親は日置に向かって言った。すごく勉強ができた子でしょう、うちの子もがんばったけど、どうしてもかなわなかったから覚えてるのよ。こんな時にうちの親は何を言ってるんだと耕市は呆れたけれども、日置がかすかに笑ったので口を挟むのはやめた。

コーヒーを淹れながら、だいたいどの家の人もこんな感じで眠ってしまったんじゃないか、と耕市は他愛ない想像にふけった。神経がたかぶって、今日はきっと眠れないだろう、と思いながらいつのまにか寝床じゃない場所で眠ってしまうような。丸川さん親子が一緒に部屋にいてくれることはありがたかった。一人で日置が起きてくるのを待つのは、きっとひどく落ち着かなかっただろう。

松山さんも家に来て少しの間いたけれども、特にやることがないししゃべるわけにもいかないので、笠原さんの家にトランプでもしに行こうかなあ、と出ていった。山崎さんは、日置に貸す服を持ってきて、日置が矢島さんの家のベランダから盗んだ男物の医療用ユニフォームを受け取って帰っていった。それを見た日置の従弟だという男の子は、おれの持ってきた服は無駄になったなー、とどこかのんきに言っていた。夜中の二時に、耕市がその場にいる人たちのお茶のお代わりを淹れるためのお湯を沸かしに台所に行って外を見た時は、笠原さんの家の二階はまだ灯りが点いていた。

日置を家にあげてすぐ、日置の叔母さんという人がやってきて、その場にいる全員にあやまった。ご迷惑をおかけしまして、と何度も言っていたのだが、耕市には迷惑という意識はなかったし、丸川さんや松山さんは自分から首を突っ込んだだけなので、誰もその言葉を実感している様子はなかったのだが、日置の叔母さんという人は、とにかく手当たり次第誰かにあやまりたいのだろうと思った。

日置には、ばかなことはやめなさい、本当にやめなさい、と強く言った。あんたが罪を重ねるたびに、あんたの人生が浪費される、横領をした時点でもう一生普通の幸せなんてないかもしれないけれども、その中でいちばんましな人生を生きてほしいと思ってたのに。

ごめんなさい、と日置は言った。あの場にやってきた大学生ぐらいの女の子にも言っていたけれども、それは別件のようだったので、一連の逃亡に関してあやまるのはおそらく初めてだった。少しだけ日置を休ませたいので出頭させるのは朝まで待ってほしい、と叔母さんに言うと、叔母さんは承諾し、一緒に住んでいる日置の従弟の男の子を連れて帰っていった。

その後、丸川さんとその息子さんが家に帰るか帰らないかという話を親子でしている間に、日置は耕市に、少しだけ頼みごとがあるんだけど、と言ってきた。近所へのお使いのような簡単なことではなかったけれども、刑務所を脱走までした人間にしてはささやかな依頼であるように思えた。そして日置は、この後警察が来て、いろいろ話を聞かれた時に、自分のことはいくらでも話してくれていいけど、このことはできれば黙っていてほしい、と続けた。耕市は承諾した。

丸川さんと息子さんは、ほぼ同時に目を覚まして、耕市が出したコーヒーを飲んで帰っていった。丸川さんはブラックで、息子さんはだいぶ甘くして飲んでいた。母親が降りてきて簡単な朝食を作り、最後に起きてきた日置と三人で食べた。日置はなぜかりんごを持っていて、耕市の母親に渡していた。耕市の母親はきれいにその皮を剝いて、やはり三人で食べた。それまでもこんなことはなかったし、もう二度とないはずだったけれども、耕市には、初めてのことでもないような、これから一生ありえないことでもないような気がした。

何時間寝てた？　と日置にたずねられて、六時間半、と耕市は答えた。日置は、もっと寝たような気がする、と呟いていた。

九時を過ぎたら叔母さんに連絡してほしい、と日置は言った。耕市はうなずいて、言われたとおりにした。

十五分後にドアホンが鳴った。日置と一緒に出ていくと、日置の叔母さんと従弟が玄関先に立っていた。どうもありがとう、と日置は言った。お母さんと、近所の人たちにも同じように伝えておいて。そう言って、日置は去っていった。

＊＊＊

家を出ると、矢島さんの家の二階の洗濯物が目に入った。風でかすかに揺れているように見える二着の小学校の制服であるブラウスと、病院の女性用ユニフォームは、人の道から外れることを諦めさせてくれたあの日のことを望に思い出させた。逃亡犯はおそらく知らないだろうけれども、彼女が逃げてくることによって引き起こされた混乱によって、望はこの路地に住む女の子を傷付けずに済んだのだ。

今はもう、女の子は望にとって何の象徴でもない。ただ姉妹の妹が、姉が、健やかに生きていてくれたらそれでいい。自分が誰かの人生を損なわずに済んでよかった。本当によかった。

望は、自分が刈り込んだ植え込みを、すっきりしたなあ、と眺めながら笠原さんの家を右に曲がる。笠原さんの奥さんによると、上の方はかなり繁っていたものの、根元はけっこうスペースが余っていたので、自分たちでも何か植えようかな、とのことだった。何がいいと思います？　と訊かれても、望も特に希望はなかったので、食べられるものがいいっすね、と答えると、まあそうなるわよね、と笠原さんの奥さんはうなずいていた。

そういう話をしてから二週間ほどが過ぎた夕方に、ようやく笠原さん夫妻がスコップを持って何か植えているのを見かけて声をかけると、プチトマトにした、とのことだった。

「スーパーでどうも高いような気がしてね」

「高いんですか？」

「いや、高いっていうか、安いのが売り切れてて、ちょっといいやつを買うことが多いっていうか」

私たち、スーパーに買い物に行くのが遅いんだよね、宵っ張りだから。そしたらいつも安いのがないんだ、と笠原さんの旦那さんは続ける。松山さんに頼めないんですか？　あそこの警備員なんでしょ？　と望がたずねると、その手はあるけど、たくさん買ってきちゃいそうだからなあ、と笠原さんの旦那さんは笑った。

一ミリも頭を使わないで、まったくの世間話をする。以前は何の意味もない行為だと蔑んでいたけれども、最近は妙に板についてきた。それが思っていたより悪くないことであるのもわかってきた。

「松山さんと言えば、これから一緒に飯に行く予定だったんですけど、急に夜のシフトが入って行けないわー、スーパーのあまりもんの弁当食べるわーって残念そうにしてましたよ」

「ああそうか、牛すじの煮込みやる曜日か、今日は」

松山さんが行きつけの店のうちの何軒かは、笠原さん夫妻も行ったことがあるそうだ。あの人やたら安くていい店知ってるんですよね、痛風とかにならなきゃいいけど、と笠原さんの奥さんは苗を植えた土の周りを軽くスコップで叩く。

「夜に雨降るらしいから、気をつけてくださいね」

「わかりました」

今日のどこかで、布宮エリザの新しいポスターを出力する用事でコンビニには行く予定だったので、その時に傘を買えばいいのか、そもそも店に着くまでの往路でコンビニに寄って出力するのか、帰り道で出力するのか迷いながら、望は住宅地を歩いていった。

やっぱり行く時に寄るのでいいか、と望は信号を待ちながら決めた。あやのさんに少し話して反応を見てみようと思った。松山さんに連れて行ってもらった居酒屋でアルバイトをしている彼女は、アニメやマンガの話がすごくできて、エリザがいるのとは違う二次元のアイドルグループに推しがいると言っていた。ショートカットで元気な感じのする、エリザとは全然違うタイプのキャラだったが、エリザちゃんも歌うまいしかわいいですよね、と社交辞令でも誉めてもらって、望はとてもうれしかった。

望と同い年で、パワハラで会社をやめ、次の正社員までのつなぎでバイトをさせてもらっている、とあやのさんは言っていた。彼女と話すのはとても楽しいし、ほっとした。

雨が降ることを彼女は知っているだろうか、と望は思った。もし知らないんだったら、傘を二本買っていって片方をあげたら、彼女の役に立てるだろうか。いや、そこまで先回りするのは気持ち悪いし一本でいいや、と望は思い直した。もしあの人が傘を持っていないようだったら、それを渡して自分は濡れて帰ってもいいやと望は思った。

*

お米を研《と》いでいるうちに、山崎さんがパートから帰ってくる時刻になったので、みづきは一度外に見に行くことにした。玄関から顔を出すと、ちょうど山崎さんが角を曲がってくるところだったので、みづきは、ちょっと待ってください、と声をかけて家に戻り、お米を洗っていた炊飯器のお釜を持って、山崎さんに見せにいった。

「これ、七回水を捨てて研いだんですけど」

山崎さんは、みづきが持ってきたお釜をのぞき込んで、すごく水が澄んでますね、とうなずいた。

「七回もやらなくていいと思いますよ。三回もやれば大丈夫です」

「そうですか。でも洗っても洗っても水がにごってくる感じがして」

「多少はね。でもそんなに神経質にならなくていいと思いますよ」

「じゃあこの水を捨てて、このお釜の〈二合〉っていうところまで水を入れて、炊飯器にセットして、〈炊飯〉のスイッチを押したらいいんですか？」

みづきの質問に、山崎さんは、そうです、とうなずいた。

「本当にそれだけでいいんですか？」

「いいですよ」

そうなんだ、とみづきが感慨深くうなずいていると、不思議ですよね、と山崎さんは言った。

「玉子を焼いたり、うどんをゆでたりするのは簡単に想像できるしやれるのに、ごはんを炊くってよくわからないですからね」

でもやってみるとべつになんてことない、と山崎さんは肩をすくめる。

「これでおにぎり作れますよね」

「作れます」

「やった」

みづきは、妹がおこづかいでなぜか買ってきたおにぎりの素のことを考えて笑う。

スーパーで半額だったらしい。みづきも好きな味の商品だった。

「あとね、しばらく引っ越さないことにしました」

「そうなんですか」

「今のパート先、けっこうやりやすいですし、ここより近いところにいい物件がなくてね」

山崎さんがしばらく引っ越さないと聞いて、みづきはうれしかった。家事についていろいろ訊ける人だからというのもあるけれども、知っている近所の人が引っ越すというのは単純に寂しいと思っていた。

それじゃ、と山崎さんが踵を返して自分の家のドアに鍵を差し込んでいると、今度はお母さんが角を曲がって帰ってきた。みづきは、炊飯器のお釜を持って道端にいることをはずかしく思いながら、おかえりなさい、と言った。お母さんは、ただいま、と言って、みづきの背中を押しながら家に入った。

お母さんは、みづきがお釜を持って外に出て斜め向かいの山崎さんとしゃべっていたことにはふれないで、洗面所で手と顔を洗ってうがいをした後、台所にやってきて食卓のいすに座った。みづきは、お母さんが洗面所にいる間、少し迷ったけれども炊飯器にお釜をセットして「炊飯」を押した。お母さんは、バッグからペットボトルの水を出して飲んでいた。

「ごめんなさい」

ことわりなく炊飯器を使ったことについて、みづきがあやまると、お母さんは何も言わずにペットボトルをテーブルの上に置いた。

「勝手にごはん炊いて、怒ってる？」

「わからない」

ごはんの炊き方については、何度みづきがたずねてもお母さんは教えてくれなかった。子供はしなくていい、とその度に言われて、何度かは、めんどくさいこと言わないで、と突き返された。そして一度だけ、教え方がわからない、と言った。説明書はどこかと訊くと、今忙しい、そんなくだらないこと訊かないで、と怒られた。

「お母さん、人にものを教えるの苦手なんだと思う」お母さんは、立っているみづきから目を逸らして独り言のように言った。「順を追って説明するのが難しいし、説明しても一回でできないとすぐにいらいらする。説明書なんかも、どこにやったかわからなくなるしね」

あれはどこ？　って訊かれると、答えられないことを責められてるような気がして、自分でもよくわからないけどものすごく腹が立つ、怒鳴ってしまう、とお母さんは続けた。

「おばあちゃんもそうだったから」

お母さんの話を聞きながら、みづきは、お母さんが何か必死に自分の怒りのようなものとたたかおうとしているのではないかと思えた。初めて見る姿だった。

「斜め向かいのおばさん、好きじゃないけど。なんか名の知れた会社の役職についてたって、ふしたり顔で賢ぶってこのへんの人たちを馬鹿にして、独身のくせにって思うけどね」そうなんだ、とみづきは思った。山崎さん、どこかの会社でえらかったんだ。知らなかった。「あの人が、みづきの知りたいことを教えてくれるんなら、教えてもらいなさい。お母さん何も言わない」

言いたかったけど、言わないことにする、とお母さんはみづきの方を見た。みづきはうなずいた。それから少し迷って、ごはん代、増やしてもらっていい？　私たち育ちざかりだから、とお母さんにたずねた。「育ちざかり」は、図書室で借りた本で目にした言い回しで、生まれて初めて口にした。お母さんは、眉を寄せて泣きそうな顔をして、そうよね、と言った。

＊

『父親は、何度たずねても工事の見積もり金額が漏れたことについて答えてはくれなかった。その後、両親は離婚し、母親もまもなく病気で亡くなった。彼女は高校卒業後すぐに就職した。広く地元で有力な、富裕層が属する社交団体だった。そこで登山サークルの事務局に配属された時に、自分の父の会社から仕事を奪い、倒産に追い込んだ会社の社長が会員として現れた。最初の被害者であるその人物は、彼女がどういう出自の人間なのか気付きもしなかったという。彼女は怒りを抑えることができなかった。

事務局は、会員の装備の購入代行の仕事もしていた。最初は、その社長の水筒一つの注文からだった。スイス製だった。試しに海外の通販サイトやオークションを参照したところ、同じものが国内の流通の半額以下で出回っていた。そちらを購入して、件《くだん》の社長に渡したが、特に苦情はなかった。それ以来十年にわたって彼女は、主に登山の装備品について、会員から受け取る金額と実際の購入金額に差額を作り着服し続けた。請求書は、存在しない通販会社のものを偽造し、団体に提出し続けていたという。また、会員達のツアーの交通費、ホテル代なども、手続きを代行しながら受け取った金額より安価な商品を探すことによって差額をごまかし、着服するようになった。着服した金は、最初から全額貯金していた』

篤子は、プリンタで印刷した文面の「奪い」という言葉を丸で囲んで、右側の余白に「やや強い表現？」と書き入れる。貴弘は、淹れ直したコーヒーのサーバーを持ってきて、無言で篤子のマグカップに注ぐ。ありがとう、と篤子が言うと、どういたしまして、と貴弘は答え、篤子の斜め前の食卓の椅子に座る。

梨木由歌はあの後、警察で事情を訊かれ、厳重な注意を受けた。梨木は逃亡犯にただ携帯と財布を奪われた被害者というわけではなく、逃亡犯に協力して、彼女の父親を警備していた巡査をだますことに協力した加害者でもある。大学は事態を重く見て、梨木に休学を勧め、梨木もそれを受け入れた。

「稲美教授にはそれ見せないの？　あっちに鞍替えしたんでしょ、梨木さん」

「連絡取れないらしいよ。いや、〈君には呆れた〉っていうメールが一通だけ来たんだったかな」

その後梨木は、ある週刊誌のウェブサイトから手記の執筆の依頼を受けた。ちゃんと原稿料の発生する、仕事と言ってもいい依頼だった。二十歳になったばかりの女性に対するものとしては異例だった。最初はインタビューを申し込まれたそうだが、文章が書けるとアピールすると、ならまとまった手記で、ということになったらしい。

「呆れるっていう言い方は適切かな？　どうなんだろう。嫉妬は入ってそうだ」

「あるかもしれないね」

原稿を書き上げた梨木は、指導教員である稲美教授に編集者への提出前に助言を求めたが、突き返されたらしい。それで篤子の所にやってきて、変な箇所があったら言ってほしい、と頼んできた。

「稲美さん、あの雑誌の編集長を下ろされたらしいから。それから社内で失脚したんだけど、雑誌が売れてる時にいろいろよそに対して攻撃的なことを仕掛けたり見下したりしてたから、雇ってくれるところもなくて、結局先生になったたっていう」

「それはおもしろくないかもしれないね」

貴弘も、自分のマグカップにコーヒーを注いだ後、冷蔵庫から牛乳を取ってきて砂糖と一緒に足す。篤子はブラックのまま飲んでいる。

『脱走の目的は、入院していて余命が予想される父親に、どうして金額が漏洩したのかについて改めて問い合わせることだった。父親と彼女は、会社の倒産以来絶縁しており、親類を通してお互いの動向を知るというような関係だったという。

父親は、工事を奪った会社の社長の妻と不倫関係にあった。二人の間には二十もの年の差があったこともあり、周囲は誰も知らなかったという。この関係の中で、工事の契約を交わす前の見積もり金額が相手の女性の知るところになり、彼女の父親は仕事を掠め取られることとなった』

梨木は、日置昭子と話をした時の音声ファイルを持っているという。その中では、具体的な社名や名字を出しているので、父親の相手を特定できるそうだ。しかしそれは、自分だけで持っておくことにした、と梨木は話していた。

そっちの方にも家族がありますし、子供もたくさんいるみたいですし、かわいそうでしょう。

梨木はそれ以上は語らなかったが、二十二年前の日置昭子の父親の会社の倒産には、角の三軒をつなげて住んでいる長谷川家の老女が関係していることに、近所の人々はなんとなく気が付いていた。長谷川家の倉庫の前に逃亡犯を見に行ったときの、「私は必死に生きてきただけよ」という彼女の言葉が、今も篤子の耳に残っている。だから何も省みない、という声だった。国のない女王が発したような。

「梨木さん、逃亡犯と話した時の音声は売ったりしないけれども、いつか面会には行くつもりなんだって」

「そうなんだ。ひったくりみたいなことをされたのに、怖くはないのかな」

「そりゃ怖いだろうけど、継続して話を聞いていきたいって言ってたよ」

「根性あるな」

貴弘の声音には、どこか冷やかすような響きがあったけれども、それでも篤子にはぼんやりとした誇らしさを呼び起こした。

「君もお人好しだよな」貴弘は、牛乳を入れすぎたのか、サーバーからコーヒーを足してかきまぜ、満足げな表情で口にした。「でも、ずるいよりはよっぽどいいや」

ねえ、ほんとにいい人だったのにね。つらいでしょうに、小夜《さよ》さん。でも、娘さんやお孫さんも同居だしね。うらやましいわ。

遠い親戚の誰かが、マイクロバスの二つ後ろの席で祖母に話しかけているのが聞こえる。祖母の従姉か誰かだ。子供はおらず、夫はすでに亡くなっていて一人暮らしをしているという話をしていた。一つ後ろは姉と父で、二人は押し黙っている。窓際の姉は、窓の外の風景をじっと眺めている。

母方の祖父が一昨日亡くなった。学校から帰ったら誰もいなくて、携帯を見ると母親から「おじいちゃんが危ないので病院に来て」というメッセージが入っていた。制服のままそちらに行くと、一人暮らしをしている兄以外の家族全員がいて、祖父はすでに亡くなっていた。

お通夜をして、告別式をして、お骨を焼きに行った。せわしない二日間で、いつも誰かが周りにいて、いろんな話をしていた。祖父には、千里の姉や兄でもう孫は十分だと思っていた節があって、すごくかわいがられたという記憶はないが、祖母のような緊張感はない人だった。キャンプや登山やゴルフが好きで、休みの日にはあまり家にいなかった祖父は、二年前に悪天候の山に周囲の反対を聞き入れずに仲間と出かけ、丸二日連絡が取れなくなって下山した後は、すっかり意気消沈してしまって、そのまま体を悪くしてしまった。

今も夫がいなくて寂しいわよ。だって一緒にいて楽しかったから。小夜さんもそうお思いでしょうね。

あの人よく知らないけどいい人だな、と千里は漠然と思う。お通夜や告別式では、また別の女の人が祖母に付き添ってあれこれ慰めていた。どこに行ってもその人たちの声ばかり聞こえて、祖母が何と返しているかはわからなかった。

母親は、千里の隣でただぼんやりしている。本当にぼんやりしている。千里はときどき、母親は普通の人の半分ぐらいの濃度で生きてるんじゃないかと思う。精神的に。

「お母さんは、お祖母ちゃんの隣に行かなくていいの？」

そういえば母親が祖母と一緒にいるところをこの数日見ていないな、と思って千里が声をかけると、え、なんで？　と母親は驚いたような顔で千里を見遣る。

「お祖父ちゃんが死んで寂しいだろうから、お母さんも慰めないといけないんじゃないの？」

「あ、そっか」

それだけ言って、母親はまたぼんやりし始めた。バスが知らないスーパーの前を通りかかると、今日はしょうくんの好きなカリーヴルストにしようっと、と小さい声で呟いていた。弟の翔倫は、一番後ろの席で四席を占領して横になって寝ている。逃亡犯の一件が終わったあと、今度矢島さんの所の同級生の子に何かひどいことを言ったら、Ｗｉ－Ｆｉの機械潰すからね、と脅すと、弟はふてくされて、ママに言うからな、と言った。しかし千里はまだ、一度もそのことで母親には怒られていない。

「お祖母ちゃん、必死に生きてきたんだって」

祖母がこの二日間口にしていたことを何も思い出せない、と千里は思いながら、この一か月ほどでいちばんよく覚えている祖母の言葉を母親に伝える。母親は、逃亡犯が家の会社の倉庫の前にやってきた時は、すでに就寝していた。

「そうなんだ?」へえ、と母親は続けて、話の内容を咀嚼《そしやく》するように軽くうなずいた。「知らなかった」

母親の鼻から抜けるような声を聞いていると、心に穴が空いて空気が少しずつ逃げていくような気がした。

帰宅して、顔と手を洗って水を飲んだ後、すぐに自分の部屋に戻ってピアノを弾き始めた。シューベルトの即興曲の最初の、弾ける部分だけを弾いた。弾けない部分まで来ると、また弾ける部分に戻った。

ノックの音が聞こえたので、はい、と返事をすると、入るよ、と姉の声がして、黒いワンピースの喪服を着たままの姉が部屋に入ってきた。この二日間、千里は比較的よく姉と一緒にいた。告別式と火葬の間の食事会でも隣り合っていて、少しだけまとまった話をした。ちゃんと話すのは二年ぶりぐらいのような気がする。就職活動中の姉は、入りたい会社の二次面接までは通ったらしい。後は一週間後に最終面接がある、と言っていた。種苗の会社だという。しゅびょう、が何かわからなかったので恐る恐る訊き返すと、苗を育てる会社、と姉は答えた。

千里が手を止めていると、弾いて、と姉は千里のベッドに座りながら言った。その曲好きだから、続けて。

＊

家の近くまで行こうか？　と妻は言ったけれども、話ができそうな店もないからいいよ、と明は答えた。家に行きたい、と苑子《そのこ》が言わなかったことに、明は自分でも思うほど傷つかなかった。

後輩の女の子が、職場の近くにいい店を見つけたからそこへ行きたい、と苑子は希望を出し、明は特急に乗って苑子が働いているオフィス街へと向かった。改札の向こうで苑子は、仕事に出かける時と同じような、きちんとしたスーツを着て待っていた。

その様子は、知らない人のようでいて、出会った頃を思い出させた。仕事みたいだな、と言うと、午前中にテレビ会議があったのよ、と苑子は答え、先に立って歩き出した。

ランチもやっているイタリア料理の店だった。前菜、パン、パスタもしくはピザ、メインと飲み物で二五〇〇円ほどのメニューを眺めながら、こういうの食べるの五年ぶりぐらいだ、と明が言うと、苑子は鼻で笑った。その五年前も、苑子と行ったと思う。明が会社の近くで行くのは、専《もっぱ》らラーメンや定食で、亮太のために料理をするようになってからは家で食事をすることも増えた。

作っていったにんじんのケーキを渡すと、苑子は、え、こんなことする人だった？ と驚きながら受け取った。

「亮太と自分の食事を作ってるうちに、料理が楽しくなってきたんだ」

「へえ」

「好物を自分で作れるのはいいね」

大人になった気分だ、すでに大人だけど、もう一段階大人になったような気分だ、というようなことは続けないように明は口をつぐんだ。明は、自分の口達者なところや、妙に厳密に物事をとらえる性格への違和感が積もり積もって苑子をうんざりさせてしまったことを、今ではなんとなくわかっていた。

苑子は、ケーキの入った紙袋をのぞきながら、これは大きいね、一人じゃ食べきれないかも、と呟く。明は、ご両親と妹さんにでもあげてよ、と勧めた。今は実家から会社に通勤している苑子は、両親と妹と同居している。妹は、苑子より早く結婚したけれども、三年で離婚して戻ってきた。

「亮太は元気？　たまにメールでやりとりするけど、あなたから見て」

「元気だよ。今日は友達と出かけてる。近所の真下さんに車を出してもらって遠出だって」

「どこ？」

「神戸」

そうなんだ、と苑子は顔を綻ばせた。中学生にしては淡々と生きている様子の亮太が、自分の思いもよらないところに出かけているのがうれしいんじゃないかと明は思った。

苑子がパスタ、明がピザを食べ終わった後、苑子は隣の椅子に置いた紙袋を覗き込みながら、うちの家族、私以外みんな甘いものだめなんだよね、と呟いた。

「ケーキ、食べきれないかも」

「どうしても余りそうなら、一食分ずつ切って冷凍したらいいよ」

「そうね」

苑子はそう言いながら、紙袋を膝の上に置いて正面にいる明を見やった。

「また作って、持ってきてよ」

「わかった」

「お願いしますよ」

少しだけ間を置いて、あなたと生活したいかは、まだ正直わからない、と苑子は続けた。でも亮太とはもうしばらく一緒にいたいし、あなたとどうしても一緒にいたくないってわけでもなかったって、最近思うようになった。

わかった、と明はうなずいた。期待はしないけれども、この人に再び信頼されることがあればうれしい、と思った。

＊

三橋さん夫妻は、これ、ガソリン代と高速代です、と封筒に入った二万円と、仕出しと思われる大きなパーティ用の弁当を耕市に渡してきたのだが、耕市は弁当は謹んで受け取ったものの、お金に関しては、ここまでにはならないと思います、と封筒の中から一万円を返した。三橋さん夫妻は、いえ、手間もあるし、本当に、とまた耕市に紙幣を渡してこようとしたのだが、じゃあ息子さんをお連れするのに受け取った額以上かかったら請求させていただくことにします、と言ってその場を逃れた。

耕市は、三橋さんの息子さんと、丸川さんの息子さんと、双方の友達の恵一くんを連れて神戸に行くことになった。一週間前に、駅で一緒になった丸川さんが、恵一くんが三橋さんの息子さんと一緒に神戸で開催されるゲームの大会に行く予定なのだが、息子がついて行きたいと言っている、と話してきたことがきっかけだった。心配だから自分がついて行く、と言うと、来ないでくれ、と言われたし、三橋さん夫妻も同行はしないらしい。

「すごく意外だったんですけど、勇気を出して行かせてみようと思ったらしいです」恵一くんもいるし、信じてみようって、と丸川さんは付け加えた。丸川さんの口振りからも、三橋さん夫妻は本当に恐る恐る息子さんを行かせようとしていることが容易に想像できたが、「そんなに心配ならついていったらいいのに」と言うことも、また彼らの親子関係を足踏みさせてしまうから違うんだろうな、と耕市は考えた。

神戸には耕市も用事があった。その週末か、次の週末ぐらいには出かけるつもりだったので、自分が車で送り迎えしましょうか？　と言うと、丸川さんは、いいんですか？　と軽く身を乗り出した。その夜、丸川さんから、息子をお願いします、というメッセージが来た。

丸川さんの息子さんも、父親がついてくるのが嫌なだけで、近所の人間が車を運転していくのでそれに相乗りする、というのは大丈夫だったようだ。丸川さんの息子さんは、お手数おかけします、と言いながら、慎重そうな顔つきで耕市が借りたワゴン車に乗り込んできた。少し緊張しているようだった。

緊張していそうなのは三橋さんの息子さんもそうだったけれども、恵一くんをピックアップして数分も経つと、三人はすぐに打ち解けてしゃべり始めた。思ったより大きい子でもなかったな、と耕市は博喜くんに関して思った。それでも、三橋さん夫妻と比べたら、おそらく体重は重いし、背も高かった。三橋さん夫妻は今日、二人揃って地元のバスケットボールのチームの試合を観に行くそうだ。

車にこんなに長いこと乗るのは初めてです、と博喜くんは言っていた。電車に乗るのは好きなんだという。窓を開けていいですか？　とたずねられたので、いいよ、と答えると、山がきれいだなあ、と喜んでいた。ちょうど県境に差し掛かる所だった。

高知からやってきた、博喜くんと恵一くんの仲間のウインナーとは、三宮で合流した。ウインナーは家族旅行として連れてきてもらったとのことで、他の人々はこれから中華街に行くんだと言っていた。

イベントが行われる、海際の埋め立て地にある会場に四人を連れて行って、丸川さんから預かったお小遣いを渡しておろした後、耕市は、東に向かって運転し、六甲山がよく見える住宅地に向かった。

閑静としか言いようのない場所だった。一つ一つの家が大きく、趣味が良く、どこにも庭が付いていて、さりげない緑に欠くことはなかった。自分の住んでいるところとは違う、と耕市は思いながら、目的の家を探した。

日置が覚えてきた住所の番地まで行き、探している名字と一致する表札の家を見つけた。やはり大きな、趣味のいい、庭のある家だった。この家の主の元妻が横領の罪で刑務所に服役してるなんて誰が想像できるんだ、と耕市は、閉まった門と開いた二階の窓を見上げながら思った。

ドアホンを押してみると、女性の声で返事があった。女性の声で年齢を聞き分けることに確信は持てないのだが、おそらく耕市と同い年か少し上ぐらいで、この人ではなさそうだ、と思いながら、その人物の名前を告げると、娘は留守にしておりますが、どなた様でしょうか？　とたずねられた。日置です、と耕市は名乗った。そんな人は知りませんが、と言われ、耕市は少し考えて、奥さんの友人です、と答えた。

「私はこの家の家主の妻ですが、そんな人は知りません」

「ああ、じゃあ前の奥さんの友人てことになりますね。家主さんは離婚でもされたんでしょうか」

耕市が事情を知らないふりをして言うと、女性は何も言わなくなった。耕市は、申し訳ありません、それでは失礼致します、と丁寧に言い残して、その界隈を離れていったん駅前に戻った。とりあえず喫茶店に入り、中学生たちを迎えに行かなければいけない時刻まで何時間あるかを確認しながら、昼食を食べた。

コーヒーを飲み、ケーキを注文したりしながら、三十分に一度、その家の近くまで何度も様子を見に行った。その家の娘さんが本当に留守であるとして、もし家の人に見つかってあやしまれたらそれこそチャンスがなくなりそうだったので、待ち伏せはしなかった。

それでも、そうしておけばよかったな、と思い始めた時間切れの直前に、その人は現れた。学校のジャージを着ていて、弓道の弓を持っていた。すみません、と声をかけると、当然のように身を退かれ、強《こわ》ばった表情を向けられた。

「自分はお母さんの友達の友達です」

耕市は、メッセンジャーバッグの中からA5サイズのクリアファイルを取り出し、彼女に渡した。中には手紙が入っていた。日置が逃げながら持ち歩いていたせいで少しよれていたが、封筒に汚れはなくきれいだった。

「お母さんはあなたにずっと手紙を出しているそうなんですが、いつも戻ってくるそうです。でも一度でいいから、ちゃんとあやまりたいと言って、私の友達に手紙を託しました」

クリアファイルを受け取った彼女は、硬い手つきで手紙を取り出し、差出人を確認した。

「知りませんでした。母が私に手紙を送ってたなんて」

峠坂さんの娘さんへの手紙は、家族によって受け取りを拒否されていると思う、と日置は言っていた。父親の気遣いなのか、それとも新しい母親がそうしているのかはわからないけれども、その気持ちは理解しながら、娘さんにも母親が手紙を出しているということを知る権利はあるだろうと耕市は思った。

「ご家族があなたにお母さんを近づけたくない気持ちはわかるし、妥当だとも思うけれども」耕市は、見ず知らずの自分が彼女と話していられる時間はあと少しだ、と認識しながら、言葉を選んだ。「お母さんの友達は、できれば手紙を書いてあげてほしいと言っていました」

もう二度と訪れることのない住宅地で、この先一生会うことのない人を前にしながら、耕市は日置のことを考えていた。

いつかは会えるだろう。幸せではなくても、最悪なわけではないどこかの時点で。

「どうもありがとう」

封筒の両端を強く握りしめながら、彼女は呟いた。友達に伝えておきます、と耕市は言った。

解説

木内昇（小説家）

家庭。家族。それらの言葉が内包する、柔らかで温かなムードに対して、幾ばくかの懐疑を抱いている人は少なからずいるのではないか。

よその家庭との違いに愕然としたり、理想としていた家族像と程遠い様に幻滅したり、親や子供が思い通りにならないことに苛立ったり……。唯一の絶対的存在だった家族が、ある時期から「なんか違う」という異物に変じていく。いや、たぶん変じるのではなく、家族とはそもそも不如意で不確かなものなのだろう。もちろん、常に安定し信頼し合っている家もあるだろうが、多くの個人は、家族という名の波止場に停泊しながらも、絶えず押し寄せる波に揺さぶられる小舟に似ていると感じるのは、うがちすぎだろうか。

とある住宅地の路地。ここに建つ十軒の家に住まう人々によって、物語は編まれている。二人暮らしの老夫婦、母親が彼氏のもとに入り浸って半ば育児放棄されている幼い姉妹、警備員をして生計を立てる一人暮らしの壮年男性、失恋の痛手を抱えて実家に戻り、母と二人で暮らしている三十代男性。戸建てながら両親子供が揃ったいわゆる「ファミリー層」は稀、一人暮らしも三軒あるが、これは古い住宅地ならではの景色なのだ。新築の建売や分譲地であれば、似た年代、同じような構成の家族がずらりと並ぶだろう。が、時を経ると、親の介護のために戻ったり、実家を引き継ぐ形で暮らしたり、中古を購入したり借りたりと、世代にも家族構成にもばらつきが出てくる。

偶然だが、筆者の住まいは本作と同じく、古い住宅地の路地に位置している。自治会があるので住人たちの名は一通り知っているし、顔を合わせれば簡単な挨拶もするが、踏み込んだ話はしない。けれど、なにか事が起きたとき（害獣が現れた、路地に繋がる道路の舗装計画がある、など）には妙な結束力を見せる。丸川明のような、善良で少々お節介な中心人物がいるところまで含めて、この物語に描かれた人々の距離感があまりにリアルで、なんら特筆すべきところもない中途半端な住宅地の雰囲気を細やかに描き出した津村記久子の筆にまず舌を巻く。

その希薄な人間関係が、二つ隣の県の刑務所から女性受刑者が脱獄したというニュースによって、にわかに活気づいていく。活気づく、という表現は語弊があるかもしれないが、逃亡犯がこちらに向かっているという情報を受けて、住人有志が自警を試みていく過程には、そこはかとない高揚感が漂っている。

日置昭子というこの逃亡犯が、凶悪な人物ではなさそうだという安心が担保されているのも、理由のひとつだろう。横領の罪で捕まるも、その額十年間で約一千万円。一年百万円ほどである。しかも横領した金には手を付けず、質素な生活をしていたらしい。豪遊目的散財目的の犯行とは思えない。彼女が逃亡過程で服を盗んだ際、「すみません！」と謝ったという報道もまた然り。きっとなにか事情があって逃げたのだろうと、犯人を恐れる気持ちよりも興味が先に立つのだ。

昭子の背景が解き明かされる過程が縦軸となって物語を引っ張る一方で、横の軸では、路地の住人たちの、ひとつとして同じではない人生が少しずつ露わになっていく。彼ら家族はいずれも、万全とは言いがたい。どこかが欠けたり、崩れたりしているように見える。そうしてそれぞれが、自分ではいかんともしがたいものを抱えている。喪失やいらだちや侘しさといった、抜き差しならない感情にも見舞われている。

母親からなにも教われない幼い姉妹にしても、問題のある息子を抱える夫婦の苦悩にしても、目を掛けていた教え子にそっぽを向かれて消沈する大学教員にしても、深刻な状況には違いない。ただ、彼らの佇まいが悲愴感にのみ覆われているかと言えば、そんなことはないのだ。自分でご飯を炊こうと奮闘する小学生、矢島みづきの姿はけなげでたくましいし、三十五年間、正社員としてキャリアを積んだのち実家に戻って母を看取った山崎正美が子供相手にもきちんと敬語を使う様には胸打たれるし、二次元アイドルを心の拠り所とする二十五歳、大柳望の上司に対するいらだちは辛辣ながらも滑稽だったりする。

それはおそらく、彼らと接する「ご近所さん」の客観的な視線が介在することによって、抜けの良さが生じているからなのだと思う。

例えば望は、自分の犯行計画を邪魔する逃亡犯に対して、〈三十六歳なんて体の中が腐敗してる女なんかどうでもいいんだ、女ですらない、生きてる価値すらない、早く捕まって自殺しろ〉という怨嗟を頭の中で唱えているのだが、隣人の笠原夫妻からすれば、植木の刈り込みを手伝ってくれそうな「若い男の子」「悪くない人」だ。夫とともに息子を閉じ込めようと画策する三橋博子に対して、パート先の同僚である正美は、「いちばん家が近いけれども、いちばんよく知らない人物」で、「特に何も問題はないんだろう」と推測をしている。路地の入口に建つ笠原家に夜ごと集い、交代で見張りをする住人たちも、揚げそばの作り方を語ったり、ゲームを楽しんだりするだけで、互いの家庭事情に不用意に首を突っ込むことはしない。その一方で彼らは、相手の抱える問題を察したり、さりげなく手を差し伸べたりもするのである。

希薄な関係性からはなにも生まれず、濃密な交わりがあってこそ互いを知り得る――というのは、ややベタな幻想なのだろう。日常のほんのささやかな交流の中で、誰かの本質があぶり出されるようなことはままあるのではないか。本書で、中学生の野嶋恵一が、ゲームを通じてしか知り得ないヒロピーの本質を両親以上に理解していたように。津村作品の抜きん出て素晴らしいところは、こうした繋がりをけっして見逃さない点にある。

例えば、「うどん屋のジェンダー、またはコルネさん」（『浮遊霊ブラジル』所収）や「サキの忘れ物」（『サキの忘れ物』所収）で描かれたように、名前もよく知らない人との間に、相手を慮《おもんぱか》った温かな情感が通うことがある。サッカー小説『ディス・イズ・ザ・デイ』では、事情を抱えた人々が贔屓《ひいき》のチームを応援することで自らを励ます様子が穏やかに著されている。『水車小屋のネネ』で、母親に裏切られる格好で家を出た主人公姉妹を癒やすのは、先々で知り合った他者である。負の局面であっても、どこか引いた視線が伴うことで得も言われぬ豊かさやユーモアが滲んでくる、という不思議な感覚を、津村作品に没頭する中で私は幾度となく味わっている。

ここからは勝手な想像なのだけれど、津村さんは日々、すれ違った程度の人にもちゃんと眼差しを向けていて、そこにある物語を汲み取っているのではないか。その視線は、時に自分自身にも向けられている気がする。もちろん生活者としての津村さん個人は、考えたり、感じたり、気がついたり、傷ついたり、憤ったり、悲しんだり、喜んだりしているのだろう。ただ、そういう「主観津村さん」の後ろで、もうひとりの津村さんが「あんた、大変やな」「わかるわー、むっちゃ腹立つな」「けど笑けるな」と軽妙な相槌を打っているようにも思う。

本作にも、主観のみで語れば、「毒親」とか「引きこもり」とか「ハラスメント」といった社会現象に落とし込めそうな状況が登場する。けれど誰の人生も、安易な鋳型になぞ落ち着くことはなくて、もっと多面的で複雑で、簡単に収まりどころを見付けられないものなのだと、住人たちの生きる姿に接するうちに気付かされる。人間はしょうもなくて不完全だけれど、そこにこそ面白さや魅力があって、それでいいのだという温かな肯定が通奏低音として流れている。

三軒分の土地に家を構える長谷川家の長である小夜は、隣近所と自分の家庭を比較した上で、

「それと比べたら、幸せだと思わない？」

と、孫娘の千里に問い掛ける。一方で千里は、こんなふうに感じている。

〈私は一人だ、と家の中で繰り返し考えるようなことを、なぜかこの場で思い出した。けれども、そう思っているのは、思ってきたのは、自分一人だけではないのではないかということも悟った。〉

人はたやすくわかり合えない。同じ環境で暮らし、同じようなものを食べ、ある種の価値観を共有しているはずの家族でさえ、互いを心底理解できるとは限らない。た

だ、自分は孤独だと思い込んでいたとしても、遠くの誰かによって、そっと見付けられていることもあるのだ。それを知ることは、生きる上での貴重な杖となるのではないか。

きっと「違い」とは、攻撃するものでも差別するものでもなくて、面白がって味わい、感じるものなのだろう。平凡でつまらないと思っている自分にも他人にも、実は身の内にさまざまな思いや情感が詰まっていて、どの人生も、他者から眺めれば思いがけない起伏や光彩をはらんでいるからだ。なんの変哲もない、どこにでもあるような、このつまらない住宅地の住人たちの人生が、そうであるように。

彼らの状況が劇的な変貌を遂げるわけではないのに、ラストが光に満ちて感じられるのは、この世の中を生きていく上で不可欠な広い視野を、他者との関わりを経て、それぞれが手に入れたからなのだという気がしている。

本作品は、二〇二一年三月に小社より単行本として刊行されました。

双葉文庫

つ-17-01

つまらない住宅地《じゅうたくち》のすべての家《いえ》

2024年4月13日　第1刷発行
2024年7月 8日　第2刷発行

【著者】
津村記久子《つむらきくこ》

【発行者】
箕浦克史
【発行所】
株式会社双葉社
〒162-8540 東京都新宿区東五軒町3番28号
［電話］03-5261-4818（営業部）　03-5261-4831（編集部）
www.futabasha.co.jp（双葉社の書籍・コミックが買えます）
【印刷所】
大日本印刷株式会社
【製本所】
大日本印刷株式会社
【カバー印刷】
株式会社久栄社
【DTP】
株式会社ビーワークス

【フォーマット・デザイン】
日下潤一

ISBN978-4-575-52744-5 C0193
Printed in Japan